Otto Büchner

Über den Meteorstein von Hungen und über den Meteoriten im Allgemeinen

Otto Büchner

Über den Meteorstein von Hungen und über den Meteoriten im Allgemeinen

Unveränderter Nachdruck der Originalausgabe von 1878.

1. Auflage 2024 | ISBN: 978-3-38674-999-2

Antigonos Verlag ist ein Imprint der Outlook Verlagsgesellschaft mbH.

Verlag: Outlook Verlag GmbH, Zeilweg 44, 60439 Frankfurt, Deutschland
Vertretungsberechtigt: E. Roepke, Zeilweg 44, 60439 Frankfurt, Deutschland
Druck: Libri Plureos GmbH, Friedensallee 273, 22763 Hamburg, Deutschland

Programm

der

Großherzoglichen Realschule zu Gießen

als Einladung

zu den

öffentlichen Prüfungen am 10. und 11. April 1878

sowie zu der am 12. April Nachmittags um 2 Uhr stattfindenden

Schlußfeier.

Inhalt: 1. Schulnachrichten. 2. Abhandlung des Reallehrers Dr. Otto Buchner über Meteoriten.

1878. Progr. Nr. 522.

Gießen 1878.
Druck von Wilhelm Keller.

Programm

der

Großherzoglichen Realschule zu Gießen

als Einladung

zu den

öffentlichen Prüfungen am 10. und 11. April 1878

sowie zu der am 12. April Nachmittags um 2 Uhr stattfindenden

Schlußfeier.

Inhalt: 1. Schulnachrichten. 2. Abhandlung des Reallehrers Dr. Otto Buchner über Meteoriten.

1878. Progr. Nr. 522.

Gießen 1878.
Druck von Wilhelm Keller.

A. Schulnachrichten.

Uebersicht des von Ostern 1877 bis 1878 durchgenommenen Lehrstoffs.

1. Realschule.

Sechste Klasse, in 2 Parallel-Cötus A und B.

Religion, 2 St.: Biblische Geschichte des A. T. nach Hübner. I. Hauptstück aus Luther's kleinem Katechismus nebst einer Auswahl von Sprüchen. Einige Kirchenlieder.

Deutsche Sprache, 6 St.: Lesen und Besprechung ausgewählter Lesestücke; Memoriren verschiedener Gedichte. Die Wortarten; der einfache Satz und seine Erweiterung (Engelien's Leitfaden I. Th. III. Stufe). Leichte Aufsätzchen; orthographische Uebungen.

Französische Sprache, 5 St.: In Plötz' Syllabaire die Lect. 1—79 mündlich und schriftlich übersetzt, mit Hervorhebung der darin niedergelegten grammatischen Elemente.

Geschichte, 2 St.: Griechische, römische und deutsche Sagen nach Schöne, sowie einige Bilder aus der griechischen und römischen Geschichte.

Geographie, 2 St.: Deutschland in physischer und politischer Beziehung nach Daniel's Lehrbuch.

Rechnen, 5 St.: Wiederholung der vier Species in benannten Zahlen; die gemeinen Brüche (Niepoth IV., später Harms.)

Zoologie, 1 St.: Eintheilung des Thierreichs; Säugethiere.

Freihandzeichnen, 2 St.: Anfangsgründe des Zeichnens; Entwerfen einfacher geradliniger Figuren, als Vorschule für ornamentale Richtung.

Schönschreiben, 3 St.

Gesang, 1—2 St.: Elementare Uebungen, Tonleiter, Treffübungen, leichte einstimmige Lieder und Choräle.

Fünfte Klasse, in 2 Parallel-Cötus A und B.

Religion, 2 St.: Eintheilung der Bibel. Das N. T. bis zur Apostelgeschichte nach Schuknecht. Die zwei ersten Artikel des christlichen Glaubens, sowie eine Anzahl dazu gehöriger Sprüche wurden erklärt und memorirt. Einige Kirchenlieder.

Deutsche Sprache, 5 St.: Lesen. Häufige Uebungen im Erzählen und in der Declamation. Wort- und Satzlehre nach Engelien's Leitfaden, Theil II, Stufe I. Wöchentlich ein Dictat und alle vierzehn Tage ein Aufsatz.

Französische Sprache, 5 St.: In der Elementargrammatik von Plötz Lect. 1—61 mündlich und schriftlich übersetzt; die Zeitwörter avoir, être, donner.

Geschichte, 2 St.: Erzählen der ältesten griechischen Mythen; Städtegründungen und die daran sich knüpfenden Sagen; griechische Geschichte in biographischer Darstellung; römische, desgleichen bis zu den punischen Kriegen.

Geographie, 2 St.: Europa mit Ausschluß Deutschlands.

Rechnen, 4 St.: Wiederholung der Bruchrechnung; die Decimalbrüche; einfache Regeldetri (Niepoth IV. Lehrg., später Harms). Entsprechende Uebungen im Kopfrechnen.

Geometrie, 2 St.: Elemente der Geometrie; Lagen der Geraden zu einander; Lehrsätze über die Winkel; Congruenz der Dreiecke nach dem Lehrbuch von Spieker § 7—57.

Zoologie, 2 St.: Naturgeschichte der Wirbellosen. Der Körper des Menschen.

Freihandzeichnen, 2 St.: Die gebogene Linie und ihre Anwendung auf Arabesken und Ornamente.

Schönschreiben, 2 St.

Singen, 1—2 St. Fortsetzung der Uebungen der VI. Klasse, Einüben von Choralmelodien; ein- und zweistimmiger Gesang.

Vierte Klasse, in 2 Cötus A und B.

Religion, 2 St. A und B comb.: Biblische Geschichte des N. T. nach Schuknecht. Das ganze Leben Jesu mit eingehenderer Betrachtung seiner Gleichnisse. Repetition des 1. und 2., Erklärung und Memoriren des 4. und 5. Hauptstücks des luth. Katechismus. Erklärung und Lernen von Kirchenliedern.

Deutsche Sprache, 4 St.: Lesen, Besprechen, Wiedererzählen von Abschnitten aus dem Lesebuch. Memoriren ausgewählter Gedichte. Wiederholung des grammatischen Pensums der vorhergehenden Klasse; der zusammengesetzte Satz, insbesondere das Satzgefüge. Wöchentlich ein Dictat und alle zwei bis drei Wochen ein leichter Aufsatz (Wiedergabe einer Erzählung, Beschreibung).

Französische Sprache, 4 St. Die Lectionen 36—79 in der Elementargrammatik von Plötz mündlich und schriftlich übersetzt und theilweise zurücküberfetzt.

Geschichte, 2 St.: Kurze Wiederholung der griechischen Geschichte; römische Geschichte bis zu Augustus; das alte Deutschland und seine Kämpfe mit den römischen Kaisern bis zu der Völkerwanderung.

Geographie, 2 St. A und B. comb.: Umrißgestaltung der Erdtheile und Meere. Oro- und Hydrographie der Continente.

Mathematik, 7 St.: Rechnen: Einfache und zusammengesetzte Regeldetri, Zins-, Rabatt-, Discont- und Gesellschaftsrechnung.

Arithmetik: Die drei ersten Grundoperationen.

Geometrie: Lehre von den Winkeln, vom Dreieck, Viereck und vom Kreise, Spieker III, IV, VI.

Botanik, 2 St. comb.: Morphologie. Systematik. Nutzpflanzen. Excursionen.

Freihandzeichnen, 3 St. A und B comb.: Leichte Ornamente und Arabesken in Contur gezeichnet; theilweise auch Anfang des Schattirens mit Bleistift.

Schönschreiben, 2 St. A und B comb.

Singen, 2 St.: s. Cl. III.

Dritte Klasse.

Religion, 2 St. : Leben des Apostels Paulus im Anschluß an die Lectüre der Apostelgeschichte. Einzelne Abschnitte aus dem Johannesevangelium. Die 5 Hauptstücke des Katechismus Luther's repetirt. Die Lehre von Gott und seinen Eigenschaften. — Lesen, Erklärung und Memoriren von Kirchenliedern.

Deutsche Sprache, 3 St. : Aufsätze, deren Stoff der Lectüre aus Engelien's Lesebuch, Theil V, entnommen wurde. Diktate und Besprechung der wichtigsten Eigenthümlichkeiten der deutschen Rechtschreibung. Die Lehre vom einfachen und mehrfachen Satz nach § 53—75 des zweiten Theils von Engelien's Leitfaden. Declamationen.

Französische Sprache, 3 St. : Die Lehre von der Stellung des persönlichen Fürworts, dem Theilungsartikel, dem Adverb, der regelmäßigen und unregelmäßigen Steigerung, den Quantitätsbegriffen, dem Zahlwort, dem bezüglichen und dem hinzeigenden Fürwort und der Apposition nach Lection 76—97 der Elementargrammatik von Plötz. Gelegentliche Lectüre prosaischer und poetischer Lesestücke des Anhangs. Wöchentlich ein Exercitium extemp.

Englische Sprache, 4 St. : Lect. 1—48 in Plate's I, wöchentlich ein bis zwei Exercit. und alle 14 Tage ein Extemp.; Anfang in der Lectüre und im Lernen von Gedichten.

Geschichte, 2 St. : Geschichte vom Untergang des weströmischen Reichs bis zum Untergang der Hohenstaufen nach Andrä's Grundriß.

Geographie, 2 St. : Die Staaten Europas.

Mathematik, 7 St. : Arithmetik und Algebra : Die 4 Grundrechnungsarten mit Buchstaben eingeübt; Rechnen mit Potenzen. Gleichungen 1. Grades mit einer Unbekannten.

Geometrie : Wiederholung der Lehre vom Kreise. Von den regulären Polygonen. Wiederholung der Lehre von der Gleichheit der Figuren. Von der Proportionalität der Linien. Von der Aehnlichkeit der Figuren. Von der Proportionalität der Linien am Kreise. Spieker VI—XI.

Physik, 2 St. : Lehre vom Gleichgewicht fester Körper. Gesetze des Falls. Einiges aus der Lehre vom Wurf und der Pendelbewegung.

Chemie, 2 St. : Einführung in die Chemie bis zum Phosphor. Nach Schreiber's Lehrbuch.

Freihandzeichnen, 3 St. : Ornamente, leichte figürliche und architectonische Theile in Contur und Schatten gezeichnet. Anfangsgründe des Schattirens mit Bleistift, schwarzer Kreide und Tusche.

Singen, 2 St. (mit Cl. IV bereinigt) : Ein-, zwei- und dreistimmiger Gesang, Choräle und Lieder; außerdem wurden dreistimmige Lieder auch in einer weiteren wöchentlichen Stunde mit einer besonderen, aus mehreren Klassen ausgewählten Abtheilung geübt.

Zweite Klasse.

Religion, 2 St. : Einleitung in die Lehr- und prophetischen Bücher des A. T. und Lesen einzelner Abschnitte aus denselben. Die Lehre von der Erlösung, vom heil. Geist und der Kirche mit Zugrundelegung von Euler's Spruchbuch. Memoriren einzelner Psalmen und Kirchenlieder.

Deutsche Sprache, 3 St. : Lesen und Erklärung von poetischen und prosaischen Stücken aus Dietlitz und Heinrichs' Handbuch der deutschen Literatur. In Engeliens Schulgrammatik III, § 107 bis 131. Aufsätze, Dictate, Declamationen, gelegentliche propädeutische Mittheilungen aus der Metrik und Literaturgeschichte.

Französische Sprache, 3 St. : Die unregelmäßigen Verba nach Lection 7—23 der Schulgrammatik von Plötz mündlich und schriftlich behandelt. Repetition der regelmäßigen Formenlehre. Lectüre aus Magnin's Lesebuch.

Englische Sprache, 4 St. : Lect. 20–66 in Plate's I., wöchentlich ein Exercit. und alle 14 Tage ein Extemp.; einige Lesestücke aus dem Anhang gelesen und einige Gedichte memorirt.

Geschichte, 2 St. : Deutsche Geschichte von Rudolf von Habsburg bis zum westfälischen Frieden, mit eingehenderer Betrachtung der Reformationsgeschichte in Deutschland, Frankreich und England nach Andrä's Grundriß.

Geographie, 1 St. : Oro- und Hydrographie von Europa. Deutschland.

Mathematik, 6 St. : Algebra : Repetition der Potenzen, Wurzeln. Logarithmen. Gleichungen ersten und zweiten Grades.

Geometrie : Repetition der Planimetrie. Trigonometrie.

Geometrisches Zeichnen, 2 St. : Für das technische Zeichnen wichtige geometrische Constructionen. Uebung im Construiren und Anlegen auf geometrischen Principien beruhender Ornamente.

Physik, 3 St. : Im Sommer : Die Lehre vom Gleichgewicht und der Bewegung der Flüssigkeiten und der Gase und ihre practische Verwerthung. Im Winter : Die Wärmelehre und ausführliche Behandlung der Dampfmaschine.

Chemie, 2 St. : Unorganische Chemie bis zum Calcium. Nach Schreiber's Lehrbuch.

Mineralogie, 1 St. : Eigenschaften der Mineralien. Krystallographie. Oxyde und Sulfide.

Freihandzeichnen, 3 St. : Ornamentenzeichnen, Kopf- und figürliche Studien, Kreide- und Tusch-Zeichnungen; theilweise auch Anleitung zur Behandlung und Anwendung der Aquarellfarben bei ornamentalen und architectonischen Studien.

Erste Klasse.

Religion, 2 St. : Das Wichtigste aus der allgemeinen Religionsgeschichte, sowie der Kirchengeschichte der altchristlichen Zeit und des Mittelalters. Einleitung in die paulinischen Briefe und Lesen einiger derselben. Erklärung des Vaterunsers; die Lehre von den Sacramenten. Memoriren einzelner Kirchenlieder.

Deutsche Sprache, 3 St. : Aufsätze historischen, beschreibenden und abhandelnden Inhalts. Lesen von Schiller's Maria Stuart. Einzelnes aus der Poetik. Das Wichtigste aus der Literaturgeschichte der älteren und neueren Zeit im Anschluß an Kluge's Grundriß. Declamationen.

Französische Sprache, 3 St. : Die Lehre von der Wortstellung, Zeiten und Moden, Repetition der unregelmäßigen Verba im Anschluß an Lection 39–50, sowie 9–23 der Schulgrammatik von Plötz. Mündliche Uebungen und Exercitia pro loco. Lectüre aus Magnin's Lesebuch.

Englische Sprache, 3 St. : Lect. 1–35 in Plate's II.; wöchentlich ein Exercit. und alle 14 Tage ein Extemp.; einzelne naturgeschichtliche Prosastücke gelesen und einige Gedichte memorirt.

Geschichte, 2 St. : Geschichte des 30jährigen Kriegs, des Zeitalters Ludwigs XIV., des 18. Jahrhunderts und der französischen Revolution bis zu den Befreiungskriegen.

Geographie, 1 St. : Vergleichende Uebersicht der Erdoberfläche. Deutschland.

Mathematik, 6 St. : Quadratische Gleichungen mit 1 und 2 Unbekannten. Arithmetische und geometrische Reihen. Zinseszins- und Rentenrechnung. Repetition. Trigonometrie der Ebene. Repetition der Planimetrie und Stereometrie.

Darstellende Geometrie, 2 St. : Projection des Punkts und der geraden Linie. Durchschnitt von Ebenen mit den Projectionsebenen. Combination von Ebenen und Geraden. Die regelmäßigen Körper der Geometrie, sowie andere ebenflächig begrenzte Körper mit Durchschnitten. Die Projectionen wurden meist auf 3, zu einander senkrechte, Ebenen bezogen.

Physik, 3 St. : Im Sommer aus der Lehre vom Licht : Fortpflanzung, Reflexion, Brechung und Farbenzerlegung. Das Auge und die optischen Instrumente. Im Winter : Reibungselectricität, Magnetismus, Galvanismus und die damit zusammenhängenden Zweige der Physik unter besonderer Hervorhebung der practischen Anwendungen.

Chemie, 2 St. : Die unorganische Chemie beendigt nach Schreiber's Lehrbuch.

Mineralogie und Geologie, 1 St. : Schluß der Oryktognosie. Petrographie. Neptunismus und Vulkanismus.

Mathematische Geographie, 1 St. : Scheinbare und wirkliche Bewegung der Gestirne. Planetensystem. Zeitrechnung.

Freihandzeichnen, 3 St. : Ornamentenzeichnen, mit den nöthigen Erläuterungen in Bezug auf Beleuchtung und Farbe; ausgeführte Kopfstudien, Kreide-, Feder- und Tusch-Zeichnungen nach Vorbildern der classischen Kunst; Anleitung zur Behandlung und Anwendung der Aquarellfarben bei ornamentalen und architectonischen Studien.

Lehrgegenstände, welche nicht nach Klassen, sondern nach Abtheilungen gelehrt werden.

Die katholischen und israelitischen Schüler der Realschule besuchen den Religionsunterricht bei den Religionslehrern ihrer bez. Confession außerhalb der Realschule.

Lateinisch Abth. I, 4 St. : Lectüre und schriftliche Versionen aus Caesar de b. Gall. lib. I und VI von Kap. XI an bis Kap. XX; Vergil. Ecl. I, II und VII; Extemporalien und domestica; O. Schulz Uebersetzungsbuch und Meiring's lat. Grammatik.

Abth. II, 4 St. : Grammatik nach Meiring; exercitia domestica und extemporalia; Lectüre von Cornel. Nepos : Miltiades, Themistocles und Aristides; Exercitien nach O. Schulz Uebersetzungsbuch.

Abth. III, 3 St. : Spieß Uebungsbuch, die vier Conjugationen, die Adverbien, Präpositionen und Conjunctionen; exercitia extemporalia und domestica.

Abth. IV, 3 St. : Spieß Uebungsbuch bis zu den verba IV. conjug. Schriftliche Exercitien.

Abth. V, 3 St. : Declinationen u. esse, Spieß 1—13.

Turnen, in 4 Abth. 2 St. : Frei- und Ordnungsübungen nach Spieß; Geräthturnen, Turnspiele. Die I., II., III., IV. und V. Klasse w. 2 St. Kürturnen im Winter und 2 Vorturnerstunden; die I. Classe Freiübungen und Riegeturnen.

Modelliren, 2 St., Schüler der I.—IV. Klasse : Modelliren in Ton nach Gypsmodellen, hauptsächlich Arabesken und Ornamente; Gießen und Ausführen in Gyps.

2. Vorschule.

Siebente Klasse, in 2 Parallel-Cötus A und B.

Religion, A und B comb. 2 St. : Ausgewählte Geschichten aus dem alten und neuen Testament. Die zehn Gebote.

Deutsch, 8 St. : Leseübungen in dem Lesebuch von Engelien und Fechner II. Th. Memoriren von Gedichten. Wiedererzählen kleiner Erzählungen. Grammatik in dem Leitfaden von Engelien I. Th. bis § 57. Dictate. Kleine Aufsätze.

Rechnen, 6 St. : Zahlenschreiben und Zahlenaussprechen. Münzen, Maaße und Gewichte. Die vier Species mit ungleich benannten Zahlen. Zeitrechnung.

Geographie, A und B comb. 2 St. : Geographische Vorbegriffe. Das Großherzogthum Hessen.

Geschichte, A und B comb. 2 St. : Ausgewählte Erzählungen aus der Weltgeschichte.

Schönschreiben, A und B comb. 3 St. : Uebungen in der deutschen und englischen Currentschrift.

Achte Klasse.

Religion, 2 St. : Ausgewählte biblische Geschichten des alten und neuen Testaments nach Curtman; die Eigenschaften Gottes nebst einigen leichten Bibelsprüchen; die 10 Gebote.

Deutsch, 8 St. : Leseübungen in dem Lesebuch von Lüben und Nacke, II. Theil; Memoriren einiger Gedichte; Dictir- und Buchstabirübungen; Laute, Sylben, Geschlechts-, Ding-, Eigenschafts- und Zeitwörter.

Rechnen, 6 St. : Die 4 Species schriftlich und mündlich; Zahlenschreiben.

Anschauungs-Unterricht, 2 St. : Naturgeschichtliche und geographische Vorbegriffe.

Schreiben, 4 St. : Die Buchstaben des deutschen und englischen Alphabets; Tactschreiben; Wörter und Sätze; Ziffern.

Neunte Klasse.

Religion, 2 St. : Ausgewählte biblische Geschichten des alten und neuen Testaments, die 10 Gebote theilweise.

Rechnen, 6 St. : Die 3 Grundrechnungsarten, sowie leichte Divisionsaufgaben schriftlich und mündlich.

Lesen, 6 St. : Ausgewählte Lesestücke, Wiedergeben des Gelesenen, Memoriren kleiner Gedichte, Dingwort und Eigenschaftswort.

Schreiben, 6 St. : Kleine und große Buchstaben des deutschen Alphabets im Schreibheft geübt, Wörter, Sätze, Ziffern, Tactschreiben.

Anschauungs-Unterricht, 1 St. : Die Hausthiere, die bekanntesten Thiere in Wald und Feld; Nutzen und Schaden derselben.

Zehnte Klasse.

Religion, 1½ St. : Vorbereitung zum biblischen Geschichtsunterricht durch Besprechung moralischer Erzählungen und einiger, dem kindlichen Verständniß naheliegender Geschichten biblischen Inhalts.

Anschauungs-Unterricht, 1½ St. : Vorbereitung des Real- und Sprachunterrichts durch Besprechung der, vermittelst der „Bilder für den Anschaunngs-Unterricht von Winkelmann" vorgeführten Gegenstände.

Deutsch, 7 St. : Die Elemente des Lesens der Schreib- und Druckschrift nach der Normal= wörtermethode. Lautrichtiges und geläufiges Lesen des im „Lehr- und Lesebuch für das erste Schuljahr v. Jütting" enthaltenen Stoffes deutscher Druckschrift.

Schreiben, 4 St. : Die kleinen und großen Buchstaben des deutschen Alphabets. Wörter und Sätze nach Vorschrift. Abschreiben aus dem Lesebuch. Uebung in der Orthographie durch leichte Dictir- und Buchstabirübuugen.

Rechnen, 4. St. : Anschauliche Betrachtung, Zerlegung und Zusammensetzung der Zahlen, sowie die 4 Species im Zahlenraum von 1—20 mündlich und schriftlich. Anwendung der einfachsten Münzen, Maße und Gewichte beim Kopfrechnen.

3. Vertheilung der Lehrstunden unter die Lehrer im Winterhalbjahre 1877/1878.

	Ordinariat	Realschule I.	II.	III.	IVa.	IVb.	Va.	Vb.	VIa.	VIb.	Vorschule 7a.	7b.	8.	9.	10.	Stundenzahl
1. Joldan, Director.	I.	6 Math. 4 Math. 2 Geogr.														15
2. Dr. Tasché.		3 Theol. prot. 2 Theol. jüd.	2 Theol. prot. 2 Theol. jüd.	4 Arith. 3 Geom. 2 Phys.												18
3. Dr. Buchner.	III.	6 Chem. Min. 1 Geogr.	2 Chem. 2 Min. 2 Geogr.	2 Chem. 2 Geogr.	2 Naturgeschichte 2 Geographie	3 Geom.	2 Nat.									20
4. Dr. Windewald.	II.	2 Relig. 2 Deutsch 3 Gesch.	2 Relig. 2 Deutsch 2 Gesch.	2 Relig. 2 Gesch.	2 Religion		2 Nat.								1 Schl.	20 1 Schl.
5. Dr. Glaser.		4 Lat. I. 4 Lat. II. 3 Lat. III.		3 Lat. IV. 2 Gesch.		2 Gesch.	2 Gesch.								20
6. Bayrer.		3 Zeichn.	3 Zeichn. 3 Zeichn.	3 Zeichn. 2 Rechn.	3 Zeichn.		2 Zeichn.	2 Zeichn.	2 Zeichn.	2 Zeichn.						22
7. Spamer.	IVa.				4 Franz. 4 Frzb.	5 Franz. 2 Geom.		5 Franz. 2 Geom.								24
8. Albach.	VIa.				2 Schreiben	4 Rechn. 2 Relig.			6 Deutsch 2 Gesch. 2 Gesch. 5 Rechn.							27
9. Diez.	VIb.				4 Deutsch		5 Deutsch 3 Franz. 4 Gesch.			6 Deutsch 5 Franz. 5 Rechn.						27
10. Theisen.	Vb.	5 Engl.	4 Engl.	4 Engl.			5 Franz. 2 Geogr. 3 Latein		2 Naturg. 2 Geogr.							26
11. Schädel, provisorisch.	IVb.	6 Franz.	3 Franz. 3 Franz.	3 Franz. 3 Frzb.	4 Franz. 5 Gesch.				2 Gesch.							29
12. Dr. Schonermann, provisorisch.	Va.	6 Math.			7 Math. 3 Geogr.	5 Deutsch 2 Geogr.										20
13. Rüdlamen.		2 Turnen	2 Turnen		2 Turnen	2 Turnen			2 Turnen							8
14. Steiner.							5 Singen in 3 Abth. (cont.)									5
15. Seipp.	7										2 Religion 2 Geographie 3 Gesch.		2 Schr. 2 Schr. 3 Schr. 3 Schr.	3 Schr.		27
16. Jann.	8										6 Rechn.		2 Relig. 2 Geogr. 4 Gesch. 4 Rechn.			28
17. Franz.	9											6 Rechn.		2 Relig. 15 Lesen Schreib. Auth. 6 Rechn.		27
18. Kahl, provisorisch.	10												2 Relig.	8 Deutsch	3 Relig. u. Ansch. 11 Lesen u. Schreib.	28

4. Tabellarische Uebersicht der Schüler.

Klassen.	Am Schluß des vorigen Schuljahres.	Am Anfang des gegenwärtigen Schuljahres.	Zugang während des Schuljahres.	Abgang während des Schuljahres.	Bestand am Ende des Jahres.	Einheimische.	Auswärtige Hessen.	Auswärtige Reichsangehörige.	Ausländer.	Evangelische.	Katholiken.	Israeliten.
Realschule.												
I.	20	30	—	2	28	10	15	3	—	22	1	5
II.	38	25	1	3	23	13	9	1	—	22	—	1
III.	26	40	—	8	32	20	9	3	—	28	1	3
IV.	53	53	2	7	48	32	12	4	—	44	1	3
V.	60	70	2	4	68	50	16	2	—	58	5	5
VI.	77	83	3	6	80	64	9	7	—	69	6	5
Realschüler	274	301	8	30	279	189	70	20	—	243	14	22
Vorschule												
1.	63	60	5	3	62	51	7	2	2	57	3	2
2.	58	57	4	1	60	60	—	—	—	57	1	2
3.	55	74	3	3	74	73	1	—	—	71	2	1
4.	65	68	7	3	72	72	—	—	—	68	3	1
Vorschüler	241	259	19	10	268	256	8	2	2	253	9	6
Gesammtzahl	515	560	27	40	547	445	78	22	2	496	23	28

5. Verzeichniß der Ostern 1877 mit dem Reifezeugniß abgegangenen Schüler.

1. Ludwig Brück aus Gießen, 15 Jahre,
2. Friedrich Dickoré aus Gießen, 16 Jahre,
3. August Finger aus Frankenau in Preußen, 17³/₄ Jahre,
4. Ludwig Gatzert aus Heuchelheim, 18¹/₂ Jahre,
5. Hermann Hofmann aus Hungen 16¹/₄ Jahre,
6. Wilhelm Hofmann aus Krofdorf, 18 Jahre,
7. Wilhelm Hofmann aus Ulrichstein, 16¹/₂ Jahre,
8. Hermann Köhler aus Gießen, 16³/₄ Jahre,
9. Adolf Kullmann aus Gießen, 15¹/₂ Jahre,
10. Karl May aus Gießen, 16³/₄ Jahre,
11. Karl Meyer aus Horingen in Preußen, 19¹/₂ Jahre,
12. Gustav Müller aus Nidda, 16 Jahre,
13. August Otto aus Gießen, 16¹/₂ Jahre,
14. Adolf Schubt aus Dorheim, 17 Jahre,
15. Georg Bix aus Gießen, 17¹/₂ Jahre,

16. Theodor Vogel aus Gießen, 15½ Jahre,
17. Heinrich Weidig aus Gießen, 16¾ Jahre,
18. Karl Winther aus Gießen, 17¼ Jahre,
19. Karl Wißner aus Großen-Buseck, 15¾ Jahre,
20. Hugo Zimmermann aus Gießen, 18¾ Jahre alt.

Von diesen 20 Schülern haben 9 den Kaufmannstand zum Beruf gewählt, 1 wird Schmied, 1 Schneidmüller, 1 Apotheker, 1 Lehrer, 1 widmet sich dem Finanzfache, 1 ging zur Post, 1 bezog die Baugewerkschule zu Holzminden, 1 trat in das Polytechnikum zu Darmstadt ein, 2 in die Realschule 1. Ordnung daselbst und 1 ging auf das Büreau eines Bauunternehmers.

6. Zur Chronik der Realschule.

Das schmerzlichste Ereigniß, welches die Realschule im verflossenen Schuljahre betroffen hat, ist das Hinscheiden unseres geliebten Großherzogs Ludwig III.

Die verschiedenen Veränderungen, welche an der Anstalt sich vollzogen haben, sind hauptsächlich veranlaßt worden durch eine Vergrößerung des Lehrerkollegiums. Auf Antrag der Direktion stellte nämlich die Stadtverordnetenversammlung durch einstimmigen Beschluß vom 22. Juni v. J. die zur provisorischen Errichtung von 2 weiteren Lehrstellen für Mathematik und neuere Sprachen nöthigen Mittel bis zum Beginn der nächsten Staatsfinanzperiode zur Verfügung. Die beiden neuen Stellen wurden mit den Aspiranten für das höhere Lehramt Otto Schädel aus Darmstadt und Dr. Ernst Scheuermann aus Birkenau besetzt, welche am Anfang des Winterhalbjahres in ihr Amt eintraten. Diese Ernennungen gestatteten es, die erste Vorschulklasse und die vierte Klasse der Realschule, welche beide überfüllt waren, wenigstens für die wichtigsten Fächer in Parallelabtheilungen zu zerlegen; außerdem wurde es dadurch noch möglich gemacht, der Mathematik und den neueren Sprachen für die Zukunft eine besondere Sorgfalt zuzuwenden.

Kollege Theisen wurde durch allerhöchstes Dekret vom 10. September 1877 definitiv angestellt.

Am 3. Juni 1877, sowie am 28. Januar 1878 beehrte Herr Ober-Schulrath Becker die Anstalt mit seinem Besuch.

Während des Sommers 1877 wurden mit allen Klassen einige größere und kleinere Ausflüge unternommen.

Die Gedenkfeier des 2. September wurde in Gießen durch ein allgemeines Jugendfest festlich begangen, an dem auch die Realschule Theil nahm.

Der Gesundheitszustand war im Allgemeinen ein recht günstiger, nur mußte während des letzten Vierteljahres in Folge von Unwohlsein des Turnlehrers Rübsamen der Turnunterricht öfters ausgesetzt werden.

Lehrmittel und Bibliothek konnten auch in diesem Jahre, da reichliche Mittel zur Verfügung standen, beträchtlich vermehrt werden.

Die Herren Buchhändler Ferber und Roth machten der Realschule eine Anzahl werthvoller Bücher zum Geschenke, Herr Grubenbesitzer Emmerich schenkte einen wohlerhaltenen großen Braunkohlenstamm, Herr Magazinverwalter Ferber eine steinerne Streitaxt. Wir sagen den gütigen Gebern von Herzen Dank.

Ordnung
der öffentlichen Prüfungen und der Schlußfeier.

A. Vorschule.

Mittwoch den 10. April, Vormittags.

Uhr	8—9	Kl. X Anschauungs-Unterricht, Kahl.	Kl. IX Religion, Lesen, Franz.
	9—10	„ VIII Deutsch, Jann.	„ VIII Rechnen, Jann.
	10—11	„ VII a Deutsch, Seipp.	„ VII b Rechnen, Franz.
	11—11½„	VII a u. VII b Geschichte, Seipp.	

B. Realschule.

Mittwoch den 10. April, Nachmittags.

Uhr	2—3	Kl. V a Religion, Albach.	Kl. V b Deutsch, Dietz.
	3—4	„ V b Französisch, Theisen.	„ VI a Geographie, Spamer.
	4—5	„ VI a Deutsch, Albach.	„ VI b Französisch, Dietz.

Donnerstag den 11. April, Vormittags.

Uhr	8—9	Kl. II Religion, Bindewald.	Kl. II Chemie, Buchner.
	9—10	„ II Englisch, Theisen.	„ II Mathematik, Scheuermann.
	10—11	„ I Mathematik, Soldan.	„ I Physik, Tasché.
	11—12	„ I Französisch, Schädel.	„ I Geschichte, Bindewald.

Nachmittags.

Uhr	2—3	Abth. I u. II Latein, Glaser.	Kl. III Deutsch, Schädel.
	3—4	Kl. III Geographie, Buchner.	„ IV b Geometrie, Tasché.
	4—5	„ IV a Französisch, Spamer.	„ IV a Geschichte, Glaser.

Freitag den 12. April, Nachmittags 2 Uhr:

Schlußfeier.

Gesang: Lobgesang von Reinhardt.

Adam Becker aus Trais: Ueber Friedrich Wilhelm, den großen Kurfürsten von Brandenburg, eigene Arbeit.

Heinrich Pitzer aus Gießen: Bertran de Born von Uhland.

Georg Schad aus Gießen: Eine Sage von Dingelstedt.

August Eichenauer aus Gießen: L'Arabe au tombeau de son coursier, von Millevoye

Karl Schnabel aus Gießen: Walter von der Vogelweide by Longfellow.

Gesang: An den Frühling von Fischer.

Wilhelm Garth aus Gießen, Heinrich Pitz und Ferdinand Inderthal aus Großen-Buseck: Aus Lessing's Minna von Barnhelm, Act I, Scene 1, 2, 7.

Hermann Hüffel aus Großen-Linden: Scipio von Kinkel.

Wilhelm Schlag aus Hausen: Der Gang of de Mährd von Fr. v. Trais.

Karl Haubach aus Gießen: Eine alte Geschichte von K. Gerok.

Karl Weber aus Hungen : Die Leipziger Schlacht von Arndt.
Emil Marx und Hermann Schnabel aus Gießen : Sechste Scene des zweiten Actes aus le Bourgeois-Gentilhomme von Molière.
Gesang : Gebet von Karl Maria von Weber.
Jakob Melior aus Gießen : Der Weltschöpfer von Theodor Körner.
August Todt aus Gießen : Die Bürgschaft von Schiller.
Heinrich Siebert aus Frohnhausen : der ewige Jude von Schubart.
Wilhelm Homberger aus Gießen und Julius Leidolf aus Naunheim Vergil. Ecl. I.
Ferdinand Gail aus Gießen : La Cigale et la Fourmi von Lafontaine.
Heinrich Kinkel aus Gießen : The old clock on the stairs by Longfellow.
Albert Weidtmann aus Gießen : Eppelin von Geilingen von Prutz.
Ludwig Spies aus Gießen, Hermann Jhring aus Lich und Wilhelm Finger aus Lauterbach : She stoops to conquer, by Goldsmith, Act II.
Karl Röhner und Christian Trapp aus Gießen : Die Tabakspfeife von Pfeffel.
Heinrich Bierau aus Lollar : Taillefer from the German of Uhland.
Gesang : Wanderlied von Abt.
Ueber die magnetischen Wirkungen, Vortrag von Wilhelm Homberger aus Gießen mit erläuternden Versuchen ausgeführt von Heinrich Pitz und Karl Schwarz.
Schlußworte.
Gesang : Frühlingslied von Mendelssohn.

Bekanntmachung
über Zeit und Bedingungen der Aufnahme in die Großherzogliche Realschule und die damit verbundene Vorschule.

Die Anmeldungen neuer Schüler werden vom 4. Mai im Schulgebäude entgegen genommen. Bei der Anmeldung ist ein Zeugniß von der zuletzt besuchten Schule, ein Impfschein über die erste und bezw. zweite Impfung und ein Geburtsschein einzureichen. Die Aufnahme-Prüfung findet Montag den 6. Mai, Vormittags von 8 Uhr an statt; der Unterricht beginnt Dienstag den 7. Mai, Vormittags 7 Uhr.

Die für die Vorschule anzumeldenden Schüler müssen bis zum 1. Oktober das 6., die in die unterste Klasse der Realschule aufzunehmenden in der Regel das 10. Lebensjahr zurückgelegt haben, deutsche und lateinische Schrift geläufig und im wesentlichen richtig lesen und schreiben können, völlige Sicherheit im Lesen und Schreiben der Zahlen und in den 4 Grundrechnungsarten besitzen, sowie mit den Wortarten und dem einfachen Satz bekannt sein.

Einheimischen wie auswärtigen Aeltern ist dringend zu empfehlen, ihre Söhne frühzeitig der Realschule zu übergeben, insbesondere nicht erst nach der Konfirmation sie eintreten zu lassen.

Großherzogliche Direktion der Realschule zu Gießen.

Soldan.

Ueber

den Meteorstein von Hungen

und

über Meteoriten im Allgemeinen.

Von Dr. Otto Buchner.

> De hoc multi multa, omnes aliquid, nemo satis.

So häufig sich auch Meteoritenfälle ereignen und so zahlreich in größeren Sammlungen Meteoriten der verschiedensten Fallorte vereinigt sind, so waren doch seither nur drei Meteoritenlocalitäten aus dem Großherzogthum Hessen bekannt; keine der wenigen öffentlichen Sammlungen unseres Landes enthielt einen hessischen Meteoriten, wohl aber fanden sich die drei Localitäten vertreten in der berühmten Meteoritensammlung des k. k. mineralogischen Hofcabinets in der k. k. Hofburg zu Wien, zugleich Repräsentanten der zwei Hauptgruppen der Meteoriten, nämlich zwei Meteorsteine von Darmstadt und Mainz und ein Meteoreisen von Nauheim. Von keinem derselben wissen wir etwas über die Zeit des Niederfallens und die Erscheinungen dabei. Der Stein von Darmstadt soll 1804 gefunden worden sein, aber auch das ist nicht verbürgt. Er kam der Hauptsache nach in die Heidelberger academische Mineraliensammlung. Der Mainzer Meteorit dagegen wurde bestimmt 1852 zwischen dem Münster- und Gauthor auf der Anhöhe außerhalb der Stadt in der Nähe der Pariser Chaussee beim Umpflügen eines Ackers in kalkhaltigem Boden gefunden. Sein Niederfallen wurde auch nicht beobachtet, und wie lange er in der Erde gelegen, ist unbekannt. Er wurde dem Dr. Gergens gebracht und wog da noch etwa 1,20 K., hatte das Ansehen eines eisenhaltigen, stark verwitterten Dolerits, hier und da mit neu entstandener Kruste kalkhaltigen Brauneisensteins überzogen. Das Nauheimer Eisen wird im Wiener Verzeichniß als zweifelhaft meteorisch aufgeführt. Während nämlich schon durch das Aussehen, das mineralogische Gefüge und die Bestandtheile ein Meteorstein als solcher erkannt werden kann, auch wenn sein Niederfallen nicht beobachtet wurde, so ist dies mit den Eisenmeteoriten nicht so einfach.

In seiner Beschreibung der Wetterau, 1828, erwähnt Wille, daß im Februar oder März 1826 beim Ausheben eines Grabens bei Nauheim in 5 Fuß Tiefe zwischen geschlossenem lettigem Grus ein Körper gefunden worden sei, der durch seine Schwere auffiel. Die Arbeiter zerschlugen ihn und nun fand sich, daß es metallisches Eisen sei. Nur drei kleine Stücke von zusammen 26 Loth kamen an Herrn Wille, die übrigen aber wurden unbeachtet wieder in den ausgeworfenen Schutt verstürzt, sobaß es bei Untersuchung an Ort und Stelle unmöglich war, über die ursprüngliche Größe und äußere Beschaffenheit der ganzen Masse selbst Betrachtungen anzustellen. Nach mündlicher Mittheilung der Arbeiter soll die Eisenmasse einige Pfund schwer gewesen sein und einen unbestimmt geformten Klumpen mit zackenähnlichen abgerundeten Erhöhungen gebildet haben. Die kleinen Bruchstücke, die erhalten blieben, zeigen keine Spur einer früheren künstlichen Bearbeitung.

Ist dieses Eisen trotz seiner eigenthümlichen Fundstelle irdisches Eisen und Kunstprodukt einer uralten Hütte, oder ist es meteorischen Ursprungs?

Die meisten Meteoreisen zeigen beim Aetzen einer polirten Fläche mit Säure oder besser nach Waldner's Methode auf galvanischem Weg eigenthümliche geradlinige Figuren, nach ihrem Entdecker Widmannstätten'sche Figuren genannt. Sie rühren her von dem verschiedenen Verhalten des Eisens, Nickeleisens und Phosphornickeleisens, die mit und neben einander krystallisirt sind. Das Rauheimer Eisen zeigt diese Aetzfiguren nicht und doch kann es meteorisch sein. Hier entscheidet nur die chemische Analyse und die ist mit der kleinen Probe, die in Wien ist, noch nicht angestellt worden. Herr Oberhütteninspector Wille in Schwarzenfels besaß noch zwei weitere Stückchen, 12 Loth schwer. Wo sie nach seinem Tode hingekommen sind weiß ich nicht, doch wäre sehr wünschenswerth es zu erfahren, weil dadurch das Material für eine chemische Analyse vermehrt werden könnte.

Zu den genannten kommt nun der vierte hessische Meteorit von Hungen in der Großh. Provinz Oberhessen, nur wenige Stunden entfernt von der Landesuniversität Gießen.

Auch dieser wäre, wie gewiß so viele andere, unbeachtet geblieben, wenn nicht ein Zufall uns das himmlische Geschoß erhalten hätte. Kann auch das Ereigniß selbst nicht wesentliche Verschiedenheit von anderen Meteoritenfällen aufweisen, so sei doch hier kurz der einzelnen Beobachtungen dabei gedacht.

Aetzfiguren des Eisens von Wisconsin, von der Platte selbst gedruckt.

Dienstag den 17. Mai 1877 ging Schreiner Heinrich Scharmann von Steinheim bei Hungen in der Wetterau nach 6 Uhr morgens zur Arbeit nach dem benachbarten Borsdorf. Unterwegs etwa gegen 7 Uhr und kurz vor dem Walde hörte er ein donnerartiges Getöse über sich, konnte aber am klaren Himmel kein Wölkchen wahrnehmen. Nachdem er eine kurze Strecke in den Wald gegangen war, hatte sich das Getöse in ein Sausen, Zischen und Brausen verwandelt, als wenn viele Steine durch die Aeste flögen. Plötzlich fuhr ein Stein in etwa 5 m Höhe gegen eine Fichte, schlug einen fingerdicken Ast ab und fiel dann neben dem Beobachter in den Graben links vom Weg. Sehr erschrocken wagte er anfangs nicht denselben aufzuheben, und erst nachdem er den unheimlichen Fremdling eine zeitlang scheu betrachtet, ihn dann mit dem Stock mehrmals hin und hergewendet und sich überzeugt hatte, daß es „naut Lewiges" sei, nahm er ihn vom Boden auf. Er war kalt. Vor Borsdorf im Felde fand er den Bauer Michel, der mit Scharmann über das sonderbare Donnern ohne irgendwelches Gewölk ein Gespräch begann, wobei dann Scharmann diesem sein Erlebniß erzählte und den Stein zeigte.

Gleichzeitig war der Bauer Conr. Phil. Schneider von Steinheim ziemlich nahe beim Dorf im Feld und hörte ebenfalls das donnerartige Getöse etwa 1 Minute lang bei absolut klarem Himmel gerade über sich; das Sausen und Zischen hörte er nicht, sah auch nichts niederfallen.

Weitere Ohrenzeugen waren der Lehrer Bach in Langsdorf, der in seinem Hof, und der Bauer Martin Trapp daselbst, der auf dem Felde bei Langsdorf das donnerartige Getöse hörte.

Es ist kein Zweifel, daß wenn früher von sachverständiger Seite Nachforschungen und Zeugenvernehmungen stattgefunden hätten, das Gebiet wesentlich sich vergrößert haben würde, auf welchem das donnerartige Getöse vor dem Meteoritenfall vernommen wurde. So aber gab das Ereigniß nur zu Wirthshausgesprächen der Bauern Anlaß, bis dann auch der Obersteiger Schiffmann vom Braunkohlenwerk Utphe bei Hungen davon hörte und den Stein erwarb. Erst Ende August hörte ich selbst davon, konnte aber wegen längerer Ferienabwesenheit erst gegen Ende September selbst an Ort und Stelle Nachforschungen anstellen. Die Ergebnisse sind vorstehend erzählt.

Nach diesen Angaben war zu erwarten, daß außer dem einen gefundenen Stein noch viele gefallen seien, wie das ja so oft schon beobachtet wurde. So fielen am 24. Juli 1790, also in einer Zeit, wo die Gelehrten überhaupt alle Steinregen für unmöglich und die zahlreichen Berichte über solche für Schwindel und Betrug hielten, bei Barbotan in Südfrankreich zahlreiche Steine; noch reicher war der berühmte Steinregen von l'Aigle in der Normandie am 26. April 1803, der nicht nur durch die tausende von Steinen merkwürdig ist, deren Niederfallen beobachtet wurde, sondern auch historisch berühmt wurde, weil sich gegen die sorgfältigst beobachtete Thatsache nun auch die verbissensten und hartnäckigsten französischen Gelehrten nicht mehr abweisend verhalten konnten. Von nun an wurde auch aus diesen Kreisen kein Einspruch mehr dagegen erhoben, daß wirklich Steine vom Himmel auf die Erde fallen können.

Aus neuer Zeit sei noch erwähnt der Steinregen von Heßle in Schweden am 1. Januar 1869, bei welchem etwa 400 Steine von 2,5 K. bis zu Erbsengröße gefunden wurden, noch großartiger aber und reicher war der Meteoritenfall von Pultusk in Polen (30. Jan. 1868), wo aus einer Feuerkugel, die auf mehr als 60 Meilen sichtbar war, eine so große Menge von Meteorsteinen niederfiel, daß es einem einzigen Mineralienhändler, dem unterdeß verstorbenen Dr. Krantz in Bonn, gelingen konnte, über 2000 Steine im Gesammtgewicht von 123 K. zu sammeln; und doch fielen auch viele in die Narew. Aber noch unverhältnißmäßig großartiger war der Steinregen von Knyahinya in Ungarn am 9. Juni 1866, wobei die Menge der herabgefallenen Steine auf 8 bis 10 Ctr. geschätzt wurde. Sie hatten sich auf eine elliptische Fläche von 2 Ml. Länge und ³/₄ Ml. Breite vertheilt; einer der beim Auffallen zerbarst, mag wohl 6 Ctr. gewogen haben; der größte Theil desselben ist in der Wiener Sammlung und überhaupt der **größte Meteorstein, der aufbewahrt wird**. Dabei sei gleich bemerkt, daß der **älteste** aufbewahrte Meteorstein der berühmte schwarze Stein in der Kaaba zu Mekka ist; über sein Niederfallen weiß man nichts, doch erzählt die Sage, der Erzengel Gabriel habe ihn durchsichtig vom Himmel gebracht, er sei aber durch die Küsse zahlreicher Sünder schwarz geworden. Der älteste Stein, dessen Niederfallen beobachtet wurde, von welchem noch beträchtliche Stücke in den Sammlungen vorhanden sind, fiel am 7. Nov. 1492 bei Ensisheim im Elsaß nieder und wurde auf Befehl Kaiser Maximilians in der Kirche daselbst aufgehängt. Er wog ursprünglich wohl 300 Pfund, doch wurden, bis er in der Kirche sicher untergebracht war, beträchtliche Stücke abgeschlagen. Während der französischen Revolution, wo er nach Colmar kam, wurde er wieder bedeutend verkleinert, so daß jetzt nur noch etwa 36 K. in Ensisheim sein sollen [1]).

---

[1]) Bei meiner Anwesenheit in Ensisheim im Sommer 1871 war der Stein nicht zu sehen. Er war wegen Baufälligkeit der Kirche auf die Bürgermeisterei gebracht worden und diese während meiner kurzen Anwesenheit unzugänglich.

Die vorstehend kurz erwähnten und zahlreiche andere verbürgte Thatsachen ließen vermuthen, daß außer dem einen bei Hungen gefundenen Stein nach den Beobachtungen des Zeugen Scharmann noch mehr gefallen sein müßten und es galt, womöglich einen oder einige derselben noch nachträglich zu finden. So begaben wir uns am 17. October 1877, also gerade 5 Monate nach dem Ereigniß, an Ort und Stelle; es waren drei Lehrer und elf Schüler der 1. Classe der Realschule. Da das Meteor offenbar in der Richtung von NW.—SO. geflogen war, so war zu vermuthen, daß auf einer elliptischen Strecke in dieser Richtung der Steinregen stattgefunden haben müsse, und diese Strecke mußte abgetrieben werden. Als Vorbereitung dazu zeigte ich einen der vorher erwähnten Steine von Pultusk, der dieselbe schwarze Schmelzrinde und dieselbe graue Silikatmasse im Innern zeigt, wie der Stein von Hungen. Da bückte sich Julius Leidolf an der Stelle, wo wir standen, nieder, hob ein Steinchen auf und fragte: „Ist das vielleicht einer?" Und wirklich hatte er einen fast rings umrindeten kleinen Meteorstein von 26 g gefunden, der nicht von dem Hauptstein abgebrochen sein kann, aber nur etwa 8 m. von dessen Fallstelle entfernt lag. Er befindet sich jetzt in der Wiener Sammlung.

Sehr ermuthigt durch dieses glückliche Ereigniß gleich beim Beginn wurde nun 2½ Stunde lang der Wald auf eine größere Strecke abgetrieben, aber weder im Fichtenwald, noch in dem daran stoßenden Buchenwald weitere Meteorsteine gefunden. Infolge der Frühfröste war das Laub schon stark gefallen und mag das wohl das Haupthinderniß gewesen sein. Zufällig sind durch den ganzen Wald massenhaft größere und kleinere Klumpen von Kugelbasalt zerstreut; viele derselben wurden mit guter Hoffnung aufgehoben, bald aber wieder weggeworfen. An einer Stelle fanden wir aus einem Fichtenast auf der Unterseite ein starkes Stück wie herausgeschossen, so daß der Ast an der stehen gebliebenen Stelle lahm herabhing. Offenbar hatten wir hier die Wirkung eines Meteoriten, aber alles Suchen nach demselben in der Umgebung war vergebens.

Nur noch ein einziger Fall ist mir bekannt, wo bei einem absichtlichen und systematischen Suchen nach Meteoriten solche gefunden wurden. Nachdem am Abend des 25. Nov. 1833 eine große, durch einen Theil von Mähren sichtbare Feuerkugel unter heftiger Detonation in der Nähe von Blansko, Brünner Kreis, zerplatzt war, gelang es dem bekannten Baron v. Reichenbach, der damals altgräfl. Salmscher Hüttendirector in Blansko war, einen Mann ausfindig zu machen, der das Meteor gesehen, das Sausen der Steine durch die Luft gehört und am folgenden Morgen ein ihm auffallendes Steinchen an demselben Platz aufgehoben hatte. Es war ein wirklicher Meteorit von 4 Loth Gewicht. Nun, nachdem der Wald festgestellt war, in welchem der Steinregen stattgefunden hatte, galt es weiter nachzusuchen. v. Reichenbach hielt das erste Treiben 12 Tage nach dem Fall mit 25 Mann in je drei Schritten Entfernung den ganzen Tag lang und am Abend erst wurden 2 kleine Steine gefunden.

Am 2. Tag mit 46 Arbeitern, nichts gefunden.
Am 3. Tag 67 Mann, zwischen je 5 einen Beamten: ein Stein von 5 Loth gefunden; er ist jetzt in der Wiener Sammlung.
Am 4. Tag mit 74 Mann den ganzen Tag vergeblich gesucht.
Am 5. Tag 86 Mann im Glied; 2 kleine Steinchen von 1 und 1½ Loth gefunden.
Am 6. Tag mit 120 Mann den ganzen Tag vergeblich gesucht.
Am 7. Tag mit 82 Mann ein ganz kleines Steinchen gefunden.
Am 8. Tag wieder mit 120 Mann ausgezogen, aber um Mittag wurde die Jagd abgebrochen, weil starker Schnee fiel und alles zudeckte.

Wir sehen, die Ereignisse von Blansko und Hungen haben bis auf die an ersterem Ort beobachtete Feuerkugel große Aehnlichkeit mit einander; es kann uns nun auch nicht mehr wundern, daß wir bei der Jagd am 17. Oct. 1877 nicht glücklicher waren. Die Kette war viel zu klein, die Suchezeit zu kurz und der abgesuchte Bezirk zu beschränkt, ganz abgesehen von anderen ungünstigen Umständen; wenn wir aber hören, daß dreiunddreißig Jahre nach dem Blanskoer Steinfall unter den aus einem Robacker auf die Feldraine herausgeworfenen Steinen auch ein Meteorit von 8 Loth gefunden wurde, der zwar stark verrostet war, aber immer noch deutlich die Schmelzrinde zeigte, so bleibt immerhin noch die Hoffnung, daß auch von den Meteoriten von Hungen noch einzelne Steine oder Bruchstücke gefunden werden können.

Wenn auch die von den verschiedenen Zeugen am Morgen des 17. Mai 1877 beobachteten Begleiterscheinungen des Falles durchaus nichts Abnormes zeigen und mit denen übereinstimmen, welche gewöhnlich mit einem Meteoritenfall verbunden sind, ja mit eintöniger Gleichmäßigkeit sich bei fast jedem Ereigniß dieser Art in den Beschreibungen wiederholen, so könnte doch auffallen, daß nicht dabei eine besondere Lichterscheinung, sei es eine wirkliche Feuerkugel, oder auch nur ein blitzartiges Aufleuchten wahrgenommen wurde. Hat ja doch gerade diese, den meisten Meteoritenfällen vorausgehende Lichterscheinung veranlaßt, daß man im Volke dieselbe mit dem Blitz, und die einen Steinregen begleitende heftige Schallerregung mit dem Donner verwechselte. So entstand der selbst jetzt noch vielfach verbreitete Aberglaube, bei jedem Blitz müsse ein Stein, ein Donnerkeil niederfallen. Bekanntlich sind aber die als Donnerkeile aufbewahrten, eigenthümlich gestalteten Steine, welche selbst jetzt noch beim Volk zu allerlei abergläubischen Zwecken dienen, meist uralte Steinwaffen, sog. Kelte.

Die Feuerkugeln sind durch ihr plötzliches Erscheinen bei Tag oder bei Nacht und durch ihre enorme Leuchtkraft zu allen Zeiten als ganz besondere Merkwürdigkeiten betrachtet und in historischer Zeit auch registrirt worden. In den chinesischen Chroniken finden wir Berichte darüber von der Mitte des 7. Jahrh. v. Ch. an, also aus einer Zeit, in der Europa noch in tiefster Barberei versunken war. Am 2. October 1601 schrieb der Pfarrer des Dörfchens Reichenbach im Odenwald in die Pfarrchronik: „Horam promerid. intra 4 et 5 meteoron igneum versus montem petrosum (Felsberg bei Darmstadt) delapsum est visum". Und ein einfacher Bauer zu Angersbach im Vogelsberg schrieb in seine Hauschronik: „1752 am 12. März (Lätare) hat ein Zeichen am Himmel gestanden des Nachmittags zwischen 5 und 6 Uhr, gleich als ein Stern so groß und auch an Farb wie ein Stern und schoß an dem Himmel fort wie ein Stern. Danach wurde dieser Strahl weißlich wie ein Gewölk und wurde schlänglicht am Himmel, aber sehr hoch und lang und stund bis an den Abend." Derartige Mittheilungen von Laien über solche Naturerscheinungen sind aber zu hunderten aus Zeiten bekannt, ehe die Gelehrten von Profession sich dazu bequemten, ebenfalls davon Notiz zu nehmen. Was sie mit eignen Augen sahen, konnten sie nicht leugnen, aber namentlich in Frankreich erhielt sich in der Gelehrtenwelt bis in unser Jahrhundert die Meinung, es sei unmöglich, daß aus einer Feuerkugel Steine auf die Erde herabfallen könnten. In Deutschland dagegen und etwas später auch in England war man durch die überzeugenden Thatsachen, die zuerst E. F. F. Chladni in einer epochemachenden Schrift veröffentlicht hatte, zu einer besseren Einsicht gelangt. Jetzt zweifelt kein Mensch mehr an dem Zusammenhang von Feuerkugeln und Meteorsteinen. Doch sind auch zahlreiche Meteoritenfälle bekannt, bei welchen so wie bei Hungen keine vorausgegangene Lichterscheinung beobachtet wurde. Oft auch wurde eine Feuerkugel am Fallort der Meteoriten selbst nicht, wohl aber in größerer Entfernung gesehen, oder man hatte doch eine kleine Wolke bemerkt, die plötzlich erschien und rasch wieder verschwand. Von allem dem nichts bei Hungen. Der Morgen war absolut klar und hell, ein Wölkchen hätte am Fallort bemerkt werden müssen, denn die Zeugen suchten danach, ob aber wirklich auch in größerer Entfernung, etwa bis Langsdorf hin oder weiter, nichts derart sichtbar war, ließ sich nachträglich nicht mehr feststellen, da etwaige neue Zeugen nicht aufzutreiben waren und die erwähnten sich bei directen Fragen nicht mehr genau an die Einzelheiten erinnerten.

Damit ist aber nicht gesagt, daß dem Steinfall von Hungen überhaupt keine Feuerkugel vorausgegangen sei, sondern nur, daß diese der ungünstigen Umstände, des klaren Himmels und der Helligkeit wegen nicht beobachtet wurde. Denn nach allem muß angenommen werden, daß sich nie ein Meteoritenfall ereignet, ohne daß eine Feuerkugel vorausgeht. Die Steine selbst sind die sichersten Beweise dafür, denn sie sind mit einer Schmelzrinde umgeben, welche nicht ursprünglich vorhanden war, ehe sie in die Erdatmosphäre gelangten, sondern sich erst darin bildete, indem durch die starke Hitzeentwicklung in der Feuerkugel die Oberfläche der Meteormasse abschmolz. Nur so viel der Schmelzmasse blieb zurück, als durch die Adhäsion festgehalten wurde. Alles andere wurde beim raschen Fluge durch die Atmosphäre abgerissen; dieses und eigentliche Verbrennungs- und Verdampfungsprodukte, die dabei gebildet wurden, sind das Material, aus welchem der Schweif besteht, den wir schwach leuchtend so häufig auch noch nach dem Verlöschen der Lichtmeteore am Himmel sehen und welche unter Umständen eine auffallend lange Dauer haben, sich langsam in ihrer Gestalt verändern und nach und nach verschwinden. Ohne Zweifel senken sich auch diese Verbrennungsprodukte langsam zur Erde, doch nur in sehr seltenen Fällen hat man dieselben unterwegs ertappt und aufgefangen. Nur ein Beispiel sei erwähnt. Das nordamerikanische Schiff Joshua Bates segelte am 14. Nov. 1856 etwa 60 g. Meil. SO. von Java (S. B. 10°38′, O. L. 117°49′) und empfing dabei einen Regen von feinen schwarzen Staubkügelchen, die der Capitän Mac Callum sammeln ließ und nach Washington zur Untersuchung übergab. Eine Probe kam an Ehrenberg in Berlin, und dieser erkannte sie bei 200 facher Vergrößerung als glatte, glänzende, sehr harte, hohle magnetische Kügelchen, welche die allergrößte Aehnlichkeit mit denen hatten, die sich beim Verbrennen einer Uhrfeder in Sauerstoff bilden. Ehrenberg nahm an, dieselben seien durch den Ausbruch eines Schlammvulkanes mit Feuererscheinung etwa an der Nordküste von Java gebildet und von dem Winde fortgetragen worden. v. Reichenbach dagegen wies auf das Unwahrscheinliche, ja Unglaubliche einer solchen Annahme hin und stellte dagegen die Behauptung auf, daß die Mac Callum'schen Kügelchen Verbrennungsprodukte eines Eisenmeteoriten sein müssen, welche sich in der Atmosphäre der Erde gebildet und aus dem Schweif auf diese niedergesenkt haben. Diese Annahme hat so viel Wahrscheinlichkeitsgründe für sich, daß derselben von keiner Seite widersprochen wurde.

Wenn auch die dünne tief schwarze Rinde, welche der Stein von Hungen zeigt, mit der der meisten anderen Meteoriten ziemlich genau übereinstimmt, so sind doch auch in diesem Punkt Abweichungen oft beobachtet. Während unser Stein eine durchweg feinkörnig-matte Rinde hat, ist sie bei anderen ringsum oder stellenweise pechartig glänzend. Die merkwürdigste Rinde hat der Stein von Bishopville, S. Carolina, der am 25. März 1843 fiel und 6,5 K. wog. Seine Rinde ist stellenweise schwarz, auch weiß, bläulichgrau und nicht unähnlich manchen verschieden gefärbten Marmorarten; die schwarzen Partien sind obsidianartig, die grauen und weißen meist matt, obgleich die weißen auch manchmal wie Glasur auf Porzellan glänzen; wieder an anderen Stellen ist die Rinde durchsichtig und farblos wie Glas. Freilich ist seine mineralogische Zusammensetzung auch eine ganz andere als die des Steins von Hungen und der allermeisten anderen Meteoriten.

Auf eine andere Besonderheit der Schmelzrinde vieler Meteoriten hat Haidinger[*]) zuerst aufmerksam gemacht. Sie hängt wesentlich mit der charakteristischen Gestalt zusammen, welche bei manchen, aber durchaus nicht bei allen Meteorsteinen wahrgenommen wird. Dadurch nämlich, daß der Stein bei seinem Flug durch die Atmosphäre, den Schwerpunkt voran und um eine Axe in der Flugrichtung rotirend, auf der Vorderseite stärker abschmilzt, muß die dabei entstandene Schmelzmasse, soweit sie nicht

---

*) Wien. Acad. Ber. 1860, S. 40; 1862, S. 55, 791.

als netzartig-aderige schwarze Masse durch Adhäsion festgehalten wird, theils abgerissen, theils auf die weniger abschmelzende Rückseite hingeblasen werden und so der Stein eine glattere Vorderseite (Brustseite) und eine rauhere, mit stärkeren Rindenwülsten bedeckte Rückseite zeigen. Damit hängt bei vielen eine auffallende und charakteristische Pyramiden- und Kegelform zusammen, die besonders wahrnehmbar ist bei manchen Steinen von Stannern [3]) in Mähren (22. Mai 1808), den Meteoriten von Slobodka [4]) in Rußland (10. Aug. 1818), von Groß-Divina [5]) in Ungarn (24. Juli 1837), von Karokol [6]) in der Kirgisensteppe (9. Mai 1840), von Uden [7]) in Nordbrabant (8. Juli 1843), von Kaba [8]) (15. Apr. 1857) und Kakova [9]) (19. Mai 1858), beide in Ungarn, von Goalpara [10]) in Assam (gefunden 1868), von Orgueil [11]) in Frankreich (14. Mai 1864), von Krähenberg [12]) in der Pfalz (5. Mai 1869). Es könnte die Zahl derjenigen Meteoriten, an welchen die erwähnte charakteristische Gestalt auftritt, wesentlich vermehrt werden. Der kleine daumendicke plattenförmige Stein von Hungen, den Scharmann aufhob, zeigt nichts der Art, wenn auch nicht die Rinde überall gleich dick ist. Dagegen hat der kleinere Stein, den Leibolf fand, eine stark gewölbte Brustseite und eine flachere Rückseite [13]). In der nahezu fünfseitigen Form und der schwach angedeuteten Orientirung gleicht er manchen Steinen von Pultusk. „Die Rückenseite ist an der glatteren Rinde und an dem blasigen Schmelz, welcher sich dem Rande zu anhäuft, zu erkennen. An einer kleinen Stelle der Vorderseite erscheint als Unterbrechung eine rauhe Fläche, die von einer blasigen Rinde überzogen ist, während die Vorderseite im übrigen von einer homogenen matten Rinde ohne Unebenheiten gebildet wird. Jene Stelle verdankt ihre Rauhheit ohne Zweifel dem Abspringen eines Splitters. Am Rande ist außerdem eine Stelle zu bemerken, die gleichfalls auf ein solches Abspringen zurückzuführen ist. Sie erscheint aber nicht ganz mit Rindenschmelz überzogen, sondern der letztere greift nur an den Umrissen der entblößten Stelle hinein. Auf der Rückenseite erscheint die Form des Steines gleichfalls in der Weise zerstört, daß die Abtrennung eines kleinen Stückes angenommen werden muß. Diese Stelle ist mit einer ziemlich glatten, gerieften, metallisch glänzenden Fläche bedeckt. Die Trennungsfläche war also schon durch das Gefüge des Meteoriten gegeben. Da der Harnisch nur an den Umrissen einen übergreifenden Schmelzanflug zeigt, so dürfte die Abtrennung des Stückes erst spät, also kurz vor dem Niederfallen geschehen sein." Derartige Harnische sind auch bei dem größeren Stein von Hungen und häufig bei denen von Pultusk zu bemerken.

Es könnte auffallen, daß Scharmann den Stein von Hungen, obgleich fast unmittelbar nach dem Fall, doch kalt aufgehoben hat. Bedenkt man aber, daß ein Meteorit mit der Kälte des Weltraumes in die Erdatmosphäre eintritt, so wird die gewaltige Schmelzhitze der Außenseite, durch welche die Rinde gebildet wird, nur dann tiefer in die Masse des Meteoriten sich fortpflanzen, wenn derselbe aus einem guten Wärmeleiter, also ganz aus Metall besteht. Daher war auch die eine der beiden Eisenmassen von Braunau in Böhmen (14. Juli 1847) 6 Stunden nach dem Fallen noch so heiß, daß man sie

---

[3]) Haidinger, Sitz. Ber. Acad. Wien B. 40, S. 525.
[4]) Göbel, Mélanges phys. du Bull. Ac. S. Pétersbourg. VII, 316.
[5]) Haidinger a. a. O.
[6]) Göbel a. a. O.
[7]) v. Baumhauer, Versl. en Meded. K. Acad. van Wetenschappen Afd. Natuurk. D. 14. S. 1.
[8]) Haidinger, Sitz. Ber. Acad. Wien B. 31, S. 347.
[9]) Haidinger Sitz. Ber. Acab. Wien B. 34, S. 11.
[10]) Ders. das. (2) B. 59, S. 665.
[11]) Daubrée, Nouv. Archives du Muséum T. 3, B. 1. 1867.
[12]) Neumayer, Sitz. Ber. Acad. Wien (2) B. 60, S. 229.
[13]) Tschermal, Min. Mitth. 1877, H. 4, S. 315.

nicht angreifen konnte. Die zweite Masse wurde erst viel später gefunden und war kalt. Bei den Steinmeteoriten, deren Hauptmasse also vorwiegend aus Silikaten besteht, hat man nur in seltenen Fällen eine höhere Temperatur wahrgenommen, auch wenn sie gleich nach dem Fall aufgehoben wurden. Scheinbar höchst auffallend ist aber die sicher festgestellte Thatsache, daß die Steine, welche bei Dhurmsala [14]) im Punjab (14. Juli 1860) fielen, unmittelbar darauf so kalt waren, daß sie die Finder nicht in den Händen halten konnten. Bedenkt man, daß sie mit der Kälte des Weltraumes (nach Pouillet — 140°) in der Erdatmosphäre ankamen, so kann bei der geringen Wärmeleitungsfähigkeit der Silikatmasse das Innere noch diese Kälte behalten und letztere sich in den wenigen Sekunden bis zum Aufheben vom Boden mit der äußerlichen Hitze derart ausgeglichen haben, daß noch ein guter Theil von Kälteüberschuß übrig bleibt.

Die wenigen durch das Aufschlagen des Hungener Steins von Rinde entblößten Stellen zeigen unter derselben eine aschgraue, stellenweise auch schwarze, graphitartig glänzende Steinmasse. Ein Stückchen mit Rinde ergab das spec. Gew. = 3,64; dieses ist also wesentlich höher als das spec. Gew. unserer irdischen Silikate, kommt aber mit dem vieler anderer Steinmeteoriten überein. Es rührt das hohe spec. Gew. von bei genauerer Beobachtung deutlich sichtbaren Körnchen von metallischem Eisen her, die reichlich in der Silikatmasse enthalten sind und auch in der Schmelzrinde gefunden werden.

Es sind nur wenige Meteoriten bekannt, in welchen durch das Auge oder durch den Magnet kein metallisches Eisen wahrnehmbar ist. Diese zeigen fast alle den gemeinsamen Charakter der schwarzen Farbe auch an der Innenmasse, welche von amorpher Kohle und von einer wachs- oder asphaltartigen Masse herrührt. Wo solche organische Substanzen auf der Erde vorkommen, sind sie Zersetzungsprodukte von Thier- und Pflanzenstoffen, und es ist daraus der Schluß gezogen worden, daß auch auf dem Himmelskörper, von welchem die Meteoriten stammen, ähnliche organische Gebilde zur Entstehung dieser erdwachs- oder ozokeritartigen Masse beigetragen haben müssen. Schon Berzelius, der bei der Analyse des Steins von Alais (15. März 1806) diese Substanz bemerkte, schloß die Bemerkung daran: „Enthält dieser erdige Stein wohl Humus oder Spuren von anderen organischen Verbindungen? Gibt dies möglicherweise einen Wink über die Gegenwart organischer Gebilde auf anderen Weltkörpern?" Auch im Meteoriten von Cold-Bokkeveld, Capland (13. Oct. 1838), wies Wöhler diese kohlenstoffhaltige Substanz nach, „die nur organischen Ursprungs sein kann." Lawr. Smith in Louisville hat dieselbe genauer untersucht und gezeigt, daß sie nicht bloß in den schwarzen Meteorsteinen, sondern auch in den graphitartigen Knollen mancher Meteoreisenmassen (Cranbourne, De Kalb County, Sevier County) gleichzeitig mit amorpher Kohle enthalten ist, die im physikalischen und chemischen Verhalten dem Graphit ähnlich, aber krystallographisch ganz verschieden ist. Es wird dadurch bis jetzt das Räthsel der Entstehung in keiner Weise gelöst. Von niemand ist bis jetzt bei mikroskopischer Untersuchung darin irgend etwas gefunden worden, was auch nur annähernd an Zellenbau und dergleichen erinnern könnte. Da übrigens Cloëz [15]) in manganhaltigem weißem Gußeisen Kohlenwasserstoffe nachgewiesen hat, welche mit den von Pelouze und Cahours im Petroleum nachgewiesenen übereinstimmen, so haben wir dadurch den Beweis, daß dieselben entstehen können, auch ohne daß hierzu die Zersetzung organischer Substanzen die Veranlassung ist. Geradezu komisch macht es sich aber, wenn Sir W. Thomson [16]) die Besamung der Erde mit Lebwelten diesen Meteoriten zuschieben will. Er glaubt sich damit aus der Verlegenheit retten zu können, wie auf der Erde die Entstehung von Lebenskeimen, organischen Zellen oder Protoplasma zu erklären sei,

---

[14]) Jackson, Proceed. Boston Soc. Nat. Hist. T. 8, S. 233. Haidinger, Sitz. Ber. Acad. Wien, B. 42, S. 305; B. 44, S. 285.

[15]) Compt. rend. T. 85, S. 1003. S. auch Rammelsberg, Chem. Metallurgie 2 A. S. 96.

[16]) 41. Meeting Brit. Assoc. Edinb. 1871, Aug. 2.

ohne die Gestaltung der leblosen Materie durch Zusammenschießen, Krystallisiren oder sonstiges Anlagern zu Hülfe nehmen zu müssen. Doch hat er damit den Ursprung des organischen Lebens nur von der Erde weg auf einen anderen Himmelskörper verlegt und da ist er so weit wie vorher.

Die schwarze graphitartig glänzende Masse im Stein von Hungen, welche die größte Aehnlichkeit mit Rutschflächen hat und von Tschermak Harnisch genannt wird, ist ganz anderer Natur. Sie tritt nur in ganz dünnen Gängen auf, enthält keine organische Substanz und ist sehr wahrscheinlich durch Verwerfungsspalten entstanden, deren Rutschflächen durch die gewaltsame Reibung polirt und geritzt erscheinen, während die angrenzende graue Masse durch die erzeugte Hitze geschwärzt wurde [16]).

Nach der mineralogischen und chemischen Natur der Hauptmasse der Meteoriten sind diese von den verschiedensten Forschern in bestimmte Systeme gebracht worden. Ueber das von G. Rose [17]) schrieb mir im Juni 1864 Baron v. Reichenbach, einer der vorzüglichsten Meteoritensammler und Kenner: „Was sagen Sie zu Rose's Classification der Meteoriten? Meines Erachtens enthält sie viel mehr Theorie, als sich bis jetzt auf das vorhandene Material bei seiner unzureichenden Menge und ungenügenden Erforschung anwenden läßt. Dadurch wird sie prämatur und unpraktisch. Was eine Classification leisten soll, Anordnung des Stoffs zu wissenschaftlicher Ueberficht, leistet sie damit auf keine Weise. Vorderhamst können wir auf die Meteoriten noch lange keine andere als triviale Anordnung nach äußeren Merkmalen anwenden, eines philosophischen Princips entbehren wir noch gänzlich. Dazu können uns nur erst die kommenden Jahrhunderte und mit ihnen ein paar tausend Meteoriten behilflich werden, aus denen wir des Inhalts der Gesammt- und Einzelerscheinungen uns erst versichern können. So wenigstens ist es meine Ansicht, ich weiß nicht, ob sie logisch correct oder irrig ist."

Gewiß hat v. Reichenbach mit seinen Einwänden gegen Rose's System recht, aber sie treffen nicht dieses allein, mehr noch sein eigenes [18]), das von Shepard [19]), Daubrée [20]) und alle übrigen.

Ob wir aber die unmittelbar in die Augen springenden Eigenschaften, oder eins der verschiedenen Systeme zu Hülfe nehmen, es ist nicht schwer, den Stein von Hungen zu classificiren; er ist kein Meteoreisen, auch nicht vorwiegend Eisen mit untergeordneten Silikateinschlüssen, sondern vorwiegend Silikatmasse, also ein Meteorstein mit Einschlüssen von metallischem Eisen (Sporadosideren von Daubrée) und kleinen Silikatkügelchen (Chondrite von G. Rose). Der Stein von Hungen gehört daher zu den häufigst vorkommenden Meteorsteinen. Die Eisenkörnchen sind auch ohne Lupe deutlich zu erkennen, dagegen lassen sich die Kügelchen auf der rohen Bruchfläche nur schwer wahrnehmen; sie sind fest in die Grundmasse eingebettet und lassen sich nicht, wie bei manchen anderen Chondriten, (Alexinaz und A.) mit Hinterlassung einer halbkugeligen Vertiefung herauslösen. Sehr deutlich aber treten sie auf einer polirten Schnittfläche oder auf einem Dünnschliff hervor. Alsdann bemerkt man auch, daß das Eisen in viel größerer Menge vorhanden ist, denn es nimmt dabei einen hohen Glanz und eine fast silberweiße Farbe an. Vergebens bemühte ich mich, auf diesen kleinen Partikelchen von Eisen die früher erwähnten Widmannstätten'schen Figuren hervorzubringen. Aber die Eisentheilchen sind so dünn, daß sie rascher ganz weggeätzt sind, als eine Aetzfigur entsteht.

---

[16]) s. auch Met. v. Aumières, Château Renard u. A. Meunier, la Nature 1871, S. 403. Tschermak, Sitz. Ber. Acad. Wien, I A. B. 70, Nov. 1874. Flight, Geolog. Magaz. 1875, S. 401.

[17]) Sitz. Ber. Acad. Berlin 1862, Aug. 7, 14. 1863 Jan. 15. — G. Rose Beschreib. u. Eintheilung d. Met. Berl. 1864.

[18]) Pogg. Ann. B. 107, S. 166.

[19]) Sillim. Amer. Journ. 2. Ser. B. 2, S. 377.

[20]) Compt. rend. Vol. 65, 1867, Nr. 2, S. 63.

Die chemische Analyse mit ihren Feinheiten ist ganz neuen Ursprungs und noch fortwährend in der Weiterbildung begriffen. Es kann uns daher nicht wundern, daß die erste Analyse eines Meteorsteins keinerlei Ergebniß lieferte. Als am 13. Sept. 1768, also in der Zeit des tiefsten Unglaubens an die Möglichkeit eines Meteoritenfalls, zu Lucé im Dep. de la Sarthe ein Stein niederfiel, betraute die Academie in Paris eine Commission: Fougeroux, Cadet und den 25 jährigen Lavoisier, mit der chemischen Untersuchung, und diese kam zum Schluß, daß ein Blitz eine Art Eisenkies getroffen, oberflächlich geschmolzen und unter dem Rasen hervorgewühlt habe. Als einzige Besonderheit wurde Schwefelwasserstoffgeruch beim Lösen in Salzsäure wahrgenommen. Jetzt wissen wir, daß derselbe von Einfachschwefeleisen, Troilit, herrührt, der in irdischen Mineralien nicht gefunden wird. Howard dagegen war der Erste, der mit wirklicher Sachkenntniß zu Beginn unseres Jahrhunderts eine größere Anzahl von Meteoriten chemisch analysirte und als gemeinsamen Bestandtheil derselben zuerst Nickeleisen nachwies. Ihm folgten die vorzüglichsten Chemiker aller Kulturländer, Bauquelin, Laugier, Klaproth, Berzelius, Rammelsberg, Wöhler u. v. A. und das Ergebniß war, daß alle Meteoriten, und deren sind schon hunderte untersucht, nur aus chemischen Elementen gebildet sind, die auch auf der Erde selbst vorkommen. Die Silikate und mehrere chemische Verbindungen stimmen meist auch mit irdischen Verbindungen aufs genaueste überein, nicht in der Zusammensetzung allein, sondern auch in der Krystallform, dem optischen Verhalten ꝛc. und erkennen wir daraus die allgemeine Gültigkeit der Naturgesetze für unser gesammtes Sonnensystem und wohl für das große weite Weltall.

Ohne Zweifel ist bei der Berechnung der chemischen Analysen vieler Meteoriten manche Willkürlichkeit mit untergelaufen und es wurden Bestandtheile herausgerechnet, die in Wirklichkeit nicht vorhanden waren. Rammelsberg[31]) gab in einer vorzüglichen Arbeit über die Analyse der Meteoriten Beispiele hierfür aus seiner eigenen Erfahrung; wie mag da erst von weniger geschickten und erfahrenen Chemikern gesündigt worden sein. Aber von vielen anderen Meteoriten besitzen wir überhaupt noch keine chemische Analyse, so auch nicht von dem Stein von Hungen, weil keine Sammlung das dazu erforderliche Material von dem wenigen Vorhandenen dafür opfern wollte. Vielleicht gelingt es aber, aus vorhandenen zuverlässigen Angaben doch Anhaltspunkte auch für die chemische Zusammensetzung auch des Steins von Hungen zu finden.

Rammelsberg hat in der erwähnten Abhandlung seine Analysen von vier Meteoriten (Pultusk, Richmond, Jowa, Kleinwenden) genau entwickelt, die wie der Stein von Hungen zu den Chondriten gehören. Er hat nachgewiesen, daß dieselben außer Nickeleisen, Einfachschwefeleisen und Chromeisen nur zwei Silikate enthalten, Olivin und Broncit.

Daubrée sieht den Olivin, allerdings nicht vollständig mit den bekannten Thatsachen übereinstimmend, als „eine Art universeller Schlacke" an, die erst durch eruptive Processe sowohl auf der Erde, als in den Meteoriten auftritt und zu Tage gefördert wird. Jedenfalls ist der Olivin eines der verbreitetsten Silikate in den Meteoriten und in der bei weitem größeren Zahl dieser irdischen Fremdlinge enthalten, nicht in den Steinen allein, auch bei einer größeren Anzahl von Meteoreisen bildet der Olivin einen wesentlichen und sehr merkwürdigen Gemengtheil. Die wunderbare Masse des Pallaseisens, die 1749 bei Krasnojarsk in Sibirien gefunden und 1772 von Pallas für die Wissenschaft entdeckt wurde und jetzt dem größeren Theil nach in der Sammlung der Academie zu Petersburg sich befindet, besteht aus einem schwammartigen Netz von Eisen, dessen Hohlräume mit Olivin ausgefüllt sind. G. Rose, später v. Kokscharow haben gezeigt, daß die Krystalle gerade dieses Pallasolivins die größte

---

[31]) Monatsber. Acad. Berlin 1870, S. 440.

Mannigfaltigkeit der Combinationen darbieten, die besonders schön ausgebildet und mehre Linien groß sind. Beim Hämmern des Eisens bröckeln sie aus den Hohlräumen und hinterlassen Eindrücke, an welchen ebenfalls die Krystallflächen erkennbar sind. Beim Eisen von Atacama ist der eingeschlossene Olivin in noch größeren Partien vorhanden, aber stark zerklüftet und mehr verwittert, daher hat er auch nicht mehr die rein eisengrüne, sondern eine mehr rostbraune Farbe. Die eigenthümlichen haarförmigen, verschieden langen, geraden und unter einander parallelen Einschlüsse, die der Hauptaxe parallel laufen, und die G. Rose zuerst im Pallasolivin gefunden hat, sind bis jetzt in keinem anderen irdischen oder meteoritischen Olivin gefunden worden. In den Mesosideriten G. Rose's, einem körnigen Gemenge von Meteoreisen, Troilit, Augit und Olivin, kommt letzterer auch in beträchtlicher Größe vor, so in Hainholz bis zu einigen Centimetern Länge und Breite. In den Steinmeteoriten fehlt der Olivin nur sehr selten; der Stein von Chassigny (3. Oct. 1815) besteht fast nur aus Olivin.

Der Olivin ist nach der allgemeinen Formel n Mg$_2$SiO$_4$ + Fe$_2$SiO$_4$ zusammengesetzt. n kann in den irdischen und meteorischen Olivinen verschiedene Werthe annehmen. So ist

$n = 2$ im Olivin der Meteoriten von Ausun, Alais, Chassigny,
$n = 3$ „   „   „   „   „ Linn County, Hainholz,
$n = 4$ „   „   „   „   „ Richmond, Brahin, Atacama,
$n = 5$ „   „   „   „   „ Stauropol,
$n = 6$ „   „   „   „   „ Pultusk,
$n = 8$ „   „   „   „   „ Kleinwenden, Pallas.

Da nun der Stein von Hungen auch zu den Chondriten gehört, so läßt sich im Voraus annehmen, daß er auch Olivin nach einer der angeführten Zusammensetzungen enthalte.

Die allgemeine Formel des Broncits ist m MgSiO$_3$ + n FeSiO$_3$, doch tritt außerdem auch Calciumoxyd und Thonerde darin auf. Ist n = 1, so kann m = 3 — 11 sein. Das meiste Eisensilikat enthält der merkwürdige Meteorstein von Ibbenbüren in Westfalen, der ganz aus Broncit besteht. Auch in Hungen muß Broncit enthalten sein.

Mit Hülfe der mikroskopischen Gesteinsanalyse läßt sich die Vermuthung leicht bewahrheiten. Es genügen dafür ganz kleine, sonst kaum verwendbare Stückchen.

Wird ein Steinsplitter auf beiden Seiten geschliffen, bis er dünn und durchsichtig geworden ist, und dann auf den Objektträger gekittet und mit dem Deckgläschen versehen, so erhält man ein Präparat, das im gewöhnlichen und im polarisirten Licht unter dem Mikroskop untersucht werden kann. Verhalten sich doch die verschiedenen Mineralien dabei verschieden und läßt sich gerade aus diesem Verhalten auf die Natur der Bestandtheile schließen. G. Rose[22]), der diese Methode zuerst in ausgedehnterer Weise auf die Meteoriten anwandte, kommt dabei zum Schluß, daß die Chondrite theils aus undurchsichtigen Partien (Nickeleisen, Magnetkies, Chromeisenstein und vielleicht einer anderen, nicht bekannten schwarzen Substanz) und einer rissigen durchsichtigen Grundmasse zusammengesetzt sind, worin sich Kugeln zweierlei Art eingelagert finden, „theils solche, die nur runde zerklüftete Krystalle und offenbar Olivinkrystalle sind, theils solche, die aus faserigen Zusammensetzungsstücken bestehen, die immer excentrisch faserig, niemals radialfaserig sind."

Nach diesen Theilen haben wir auch beim Stein von Hungen zu suchen. Von den undurchsichtigen Partien ist auf einer geschliffenen Fläche sofort das massenhaft eingesprengte Nickeleisen zu erkennen, das in bis 1,5 mm. großen bis sehr kleinen, vollkommen unregelmäßig begrenzten Partien

---

[22]) Beschreib. u. Einth. b. Met. Berl. 1864, S. 98.

durch die ganze Masse zerstreut ist. Wie dünn diese Eisentheilchen sind, geht daraus hervor, daß sie meist nicht einmal durch die Dicke einer Dünnschliffplatte hindurch ziehen, so daß diese auf der einen Seite das Eisen ganz anders vertheilt zeigt, als auf der anderen. Schwefeleisen ist nur in sehr geringen Mengen und kleinen Körnchen eingesprengt, die an dem schwächeren Glanz und der gelben Farbe vom Eisen zu unterscheiden sind. Es kann Magnetkies sein, vielleicht aber ist es Troilit. Von weiteren schwarzen Partien ist nichts auf der fast gleichmäßig aschgrauen geschliffenen Fläche wahrnehmbar, sie treten erst hervor bei durchfallendem Licht und unter der Lupe, mehr noch unter dem Mikroskop. Es zeigt sich, daß das Eisen begleitet wird von einer schwarzen undurchsichtigen Masse ohne Metallglanz, die gegen das Eisen in scharfer, unregelmäßiger Begrenzung absetzt, sowohl am Rande, als auch in den Eisenpartikeln selbst. Sie hat im Aussehen große Aehnlichkeit mit der schwarzen Masse der Schmelzrinde im Dünnschliff, und doch hat diese stellenweise einige Durchsichtigkeit. Nur sehr selten tritt die schwarze Masse kugelig, aber nicht vollkommen scharf begrenzt auf, mit oder ohne kleine Einschlüsse von Eisen; meist aber ist ihre Gestalt höchst unregelmäßig, auch da, wo sie unabhängig vom Eisen in die durchsichtige Silikatmasse in größeren bis zu sehr kleinen Partien eingelagert ist. Nur wo die kleinen und kleinsten schwarzen Partikelchen mehr einzeln oder in größeren Mengen, aber gleichmäßiger vertheilt, eingestreut sind, läßt sich da und dort würfelige Krystallform erkennen. Sie deutet auf Chromit hin.

Kann nicht ein Theil dieser schwarzen Masse, besonders da, wo sie in größeren Partien in der Nähe des Eisens oder auch in den durchsichtigen Silikaten eingebettet ist, geschmolzene Rindensubstanz sein, welche durch den starken Druck der gepreßten Atmosphäre in Klüfte und Spalten des Steins hineingetrieben wurde? Bei der eigenthümlichen feinen Vertheilung in der Silikatmasse gewiß nicht, vielleicht wo sie als Ausfüllung gangartig auftritt, das aber habe ich nicht bei dem Stein von Hungen, wohl aber bei zahlreichen anderen Meteoriten wahrgenommen.

Vergleichen wir Hungen mit anderen Chondriten in Bezug auf diese schwarze Masse. In Ensisheim und Little Pinney ist sie viel gleichmäßiger vertheilt und durchschwärmt den Stein in sehr zahlreichen, aber kleinen Partien nach allen Richtungen hin. Viel weniger und nur in kleinen isolirten Partien findet sie sich in Girgenti. Aehnlich ists bei Agen, Knyahinya und Buschhof, wo aber auch größere schwarze Partien auftreten. Mehr noch zeigt dies Pohlitz, wo sich auch feinere und gröbere schwarze Massen zu unregelmäßigen Adern vereinigen. New-Concord hat weniger und feinere schwarze Adern, und große durchsichtige Partien des Steins sind ganz frei von schwarzer Masse. Schon ohne Vergrößerung erscheint der Dünnschliff viel dunkler als bei Hungen durch mehr vorherrschende schwarze Masse bei Bouillé, bei Pultusk, wo sie theilweise auch durchsichtige Silikatkugeln ringsum einschließt, bei Cabarras Ety, Krähenberg, Bremervörde und Seres, wo durch die vorherrschende schwarze Masse viele Partien des Dünnschliffs undurchsichtig werden.

So ähnlich also auch der mineralogische Charakter aller dieser Chondrite ist, so unterscheiden sie sich doch wieder auffallend bei genauerer Betrachtung auch nur eines Bestandtheils, und keiner der untersuchten Meteoriten stimmt mit dem von Hungen ganz überein. Gerade so verhält es sich mit den durchsichtigen Silikaten.

Diese erscheinen farblos oder mehr grau, nur an wenigen Stellen gelblich oder bräunlich, während bei anderen Chondriten diese Eisenoxydfärbung im Uebermaß auftritt. Sofort sind auch die beiden verschiedenen Kugeleinschlüsse bemerkbar. Ihre Farbe, die bei auffallendem Licht theils heller, theils dunkler, theils gleich der der Grundmasse ist, erscheint bei durchfallendem Licht höchstens wenig dunkler wie diese, mit Ausnahme der selteneren ganz schwarzen Kugeln, die schon erwähnt wurden. Auch das verschiedene Gefüge der Kugeln, das G. Rose erwähnt, ist sofort zu erkennen. Während die wenig zahlreichen, rissigen und meist nicht scharf begrenzten Olivinkugeln sich von der eben so rissigen durchsichtigen Grundmasse nur wenig abheben, sind die strahlig-faserigen sofort deutlich erkennbar. Tschermak[23]) hat sie als Broncit erkannt. Auch unter ihnen finden sich nie radialfaserige Kugeln, sondern nur parallel- oder convergirend- oder verworren-faserige. Doch sind sie bei Hungen nie so groß und deutlich strahlig, wie etwa bei New-Concord. Die gleichmäßig grauen, nicht rissigen Kügelchen sind vielleicht solche, die senkrecht auf die Fasern durchschnitten sind; sie unterscheiden sich von den Olivinkugeln vollständig. Auch nur annähernd deutliche Krystallbildungen sind sowohl bei dem Olivin der Kügelchen und der Grundmasse sehr selten und nicht genauer zu bestimmen.

Tschermak erwähnt noch als Bestandtheil dieses Steins „ein braunes Mineral feinschaliger Textur, welches durch seine tiefere Färbung und das Gefüge von den anderen absticht. Auch in der optischen Orientirung ist es davon verschieden. Es bildet eckige Körnchen". Nach seinen weiteren Untersuchungen möchte er es für einen diallagartigen Augit halten. Ich kann dasselbe an meinen Präparaten nicht auffinden und habe es bei dem Dünnschliff, den ich nach Wien schickte, übersehen.

Eine chemische Analyse des Steins von Hungen wird also ergeben müssen:

I. In den metallisch glänzenden Theilen: Nickeleisen (in wechselnden Mengen wenig Ni und viel Fe) und Troilit (FeS) oder Magnetkies (Fe_8S_9).

II. In der schwarzen nicht metallisch glänzenden Masse: Chromeisenerz ($FeCrO_4$) in sehr geringer Menge; der größere Theil ist wohl ein schwarzes Silikat, das vielleicht geschmolzen war.

III. In der Silikatgrundmasse und den Kügelchen:
1) Durch Salzsäure zersetzbar:
Olivin: SiO_2, FeO, (MnO), MgO, (CaO).

2) Unzersetzbarer Theil:
a) Broncit: SiO_2, AlO_3, FeO, (MnO), MgO, CaO, (K_2O, Na_2O).
b) Vielleicht ein diallagartiger Augit: SiO_2, (FeO, MnO,) (AlO_3, FeO_3), (CaO, MgO).

In anderen Meteoriten wurden wohl z. Th. nur durch ungenau ausgeführte chemische Analysen von einigen Forschern Mineralbestandtheile gefunden, die noch mehr oder weniger zweifelhaft sind, die aber auch, selbst wenn ihre Existenz sich bei weiteren Untersuchungen bestätigen sollte, nicht im Chondrit von Hungen zu erwarten sind. Anorthit ($CaSiO_3$ + $AlSiO_5$) findet sich nach G. Rose in manchen Meteorsteinen bestimmt (Juvinas u. A.), in anderen, ebenfalls nicht chondritischen, wird er vermuthet. Enstatit ($MgSiO_3$) bildet den Stein von Bishopville u. A. und wurde anfangs für ein besonderes Silikat gehalten und Shepardit genannt. Augit ((FeCaMg)SiO_3 mit wenig AlO_3) ist wie Anorthit Bestandtheil einer kleinen Gruppe von Meteoriten, die G. Rose Eukrit nennt. Die von Maskelyne aufgefundene rhombische Kieselsäure, Asmanit im Eisen von Steinbach, ist noch nicht unzweifelhaft bestätigt; die Kieselsäure in der Rostrinde des Tolucaeisens ist ohne Zweifel von außen hineingeröstet. In anderen Meteoriten ist freie Kieselsäure noch nicht gefunden worden. Nicht auf der Erde findet sich das Phosphornickeleisen (Schreibersit = Lamprit und Rhabdit). Eine Reihe von anderen Mineralien, die als Bestandtheile von Meteoriten allzu zweifelhaft sind, mögen unerwähnt bleiben, ganz zu schweigen von denjenigen, die sich erst auf der Erde durch das Liegen im Boden oder sonstwo gebildet haben.

Die mineralogischen Bestandtheile der Meteoriten sind demnach wenig zahlreich, besonders wenn man sie mit denen der Erde vergleicht; die meisten stimmen auch mit irdischen Mineralien überein, und nur wenige chemische Verbindungen finden sich nicht auf der Erde. Meteoriten mit allen ihren verschiedenen Eigenschaften künstlich nachzubilden ist noch nicht gelungen.

---

[23]) Sitz. Ber. Acad. Wien I. A., B. 65, Febr. 1872.

Ueber die Herkunft der Meteoriten wissen wir mit absoluter Sicherheit gar nichts. Lange Zeit wurde die kühne Behauptung Chladni's von 1794, die Meteoriten seien Trümmer von Himmelskörpern, „welche Zertheilung vielleicht durch einen Stoß von außen, oder durch eine Explosion von innen könnte bewirkt sein", vielfach angefochten und ihr eine ganze Reihe von anderen Hypothesen entgegengesetzt, die schon im Voraus von Chladni widerlegt worden waren. Jetzt wissen wir, daß die Meteoriten nicht in der Erdatmosphäre zusammengeronnen sein können aus metallischen und anderen mineralischen Dünsten, wie noch Goethe[24]) annahm, daß sie auch weder von irdischen, noch von Mondvulkanen ausgeworfen wurden, sondern daß sie als besondere sehr kleine Himmelskörper einzeln oder in kleineren oder größeren Schwärmen um die Sonne kreisten, bis sie in das Anziehungsbereich der Erde gelangten, in der Erdatmosphäre glühend wurden und dann niederstürzten. Die Feuerkugeln, als welche uns die Meteoriten zuerst erscheinen, wurden und werden vielfach noch jetzt für eine den Sternschnuppen gleichartige Naturerscheinung gehalten, die sich nur durch ihre größere Lichtmasse von diesen unterscheidet. Und doch muß zwischen beiden eine wesentliche Verschiedenheit sein. Die Periodicität der Sternschnuppenerscheinungen ist unzweifelhaft und schon lang, besonders aber in neuerer Zeit durch zahlreiche sorgfältige Untersuchungen festgestellt. Bekanntlich sind als besonders sternschnuppenreich die Nächte des 12./14. Nov. und 10./12. Aug. berühmt, anderer weniger glänzender Perioden nicht zu gedenken. Durch die epochemachenden Untersuchungen Schiaparelli's wissen wir, daß die Sternschnuppen durch Kometenschweife veranlaßt werden, durch welche sich die Erde hindurch bewegt und daß wir uns einen solchen Kometenschweif vorstellen müssen als gebildet aus einer großen Menge fester Masse, die in mehr oder weniger lockerer Anhäufung als Ring oder Stück eines Rings die Sonne umkreist. Die Auguststernschnuppen werden durch den Kometen III 1862, die Novembersternschnuppen durch den Kometen I 1866 erzeugt, und der großartige Sternschnuppenfall vom 27. Nov. 1872 entstand durch den Biela'schen Kometen. Für die meisten beobachteten weniger bedeutenden Sternschnuppenperioden hat man auch den dazu gehörigen und sie veranlassenden Kometen aufgefunden. Wären nun die Feuerkugeln und die aus denselben herabstürzenden Meteoriten in ihrer Erscheinung auch an diese Perioden gebunden, so ergäbe sich daraus die gleichartige Natur und Entstehung derselben. Man hat sich vielfach bemüht dies nachzuweisen. Wolf, Greg, Boguslawski, Quetelet u. v. A. haben sorgfältige Zusammenstellungen der Meteoritenfälle nach Zeit und Ort vorgenommen, es wurden dann auch die betonirenden Feuerkugeln mit zugezogen, bei welchen gefallene Meteoriten nicht gefunden worden waren; aber es läßt sich bei allem guten Willen keine Periodicität herausrechnen, die mit der der Sternschnuppen übereinstimmt. Kein Land, keine Zeit des Jahres wird durch Meteoritenfälle bevorzugt. Es müssen also Sternschnuppen und Feuerkugeln als verschiedene Naturerscheinungen angesehen werden, und letztere, sowie die aus denselben niederfallenden Meteoriten haben nichts mit Kometen und deren Schweifen zu schaffen.

So bleibt uns nichts übrig, als nach einem anderen Mutterkörper der Meteoriten zu suchen, denn diese sind ja nur Theile, Bruchstücke größerer Massen, nicht kleine Planetchen für sich.

Die Kant-Laplace'sche Theorie der Bildung unseres Sonnensystems kann hier nur angedeutet, nicht ausführlicher entwickelt werden. Von dem rotirenden chaotischen Urgasball riß sich Ring um Ring ab und jeder bildete durch Zusammenfließen einen Planeten. Zuerst trennte sich Neptun ab, zuletzt Merkur, welcher der Sonne zunächst ist. Die Entwicklungsstadien der verschiedenen Planeten müssen also auch sehr verschieden sein, aber jeder muß Kugelgestalt besitzen. Merkur und Venus haben eine sehr bedeutende und dichte Atmosphäre, weniger Erde und Mars; bei ihnen ist die Abkühlung weiter fortgeschritten.

---

[24]) Sprüche in Reimen. Werke, ed. Hempel II, 316.

Mehr noch ist dies bei dem Monde der Fall, der kein Wasser und keine Atmosphäre besitzt. Zwischen Mars und Jupiter bewegen sich dann die kleinen Planeten und die Asteroiden, deren Anzahl in den letzten Jahrzehnten so ungemein sich vergrößert hat und auch in der Folge bei weiterer Verbesserung der Fernröhren noch weiter wachsen wird. Ob auch diese Kugelform haben, wissen wir nicht und können es bei ihrem geringen Durchmesser nicht sehen. Aber schon Olbers sprach die Vermuthung aus und Al. v. Humboldt stimmte ihm bei, daß die kleinen Planeten Vesta, Juno, Ceres, Pallas (die Asteroiden waren damals noch nicht bekannt) Bruchstücke eines zertrümmerten größeren Planeten seien. Mit Entdeckung der Asteroiden erhielt diese Trümmertheorie eine neue sehr wesentliche Stütze. Aber wenn durch irgend eine Ursache ein Planet zertrümmert wird, so müssen dabei außer den großen Brocken, die soviel Oberfläche haben, daß sie Sonnenlicht gegen die Erde hin reflectiren und so sichtbar werden, auch kleine und ganz kleine Bröckchen entstehen, die dann geradeso und nach denselben Gesetzen planetarische Bahnen um die Sonne beschreiben, wie die großen Trümmer und wie die Planeten selbst. Aber gerade diese kleinen Bröckchen sind es auch, die durch die Attraction eines anderen Planeten am leichtesten von ihrer Bahn abgelenkt werden und so auch bei uns als Fremdlinge aus dem Weltall ankommen können.

Wäre all das richtig, so müßten die großen und kleinen Trümmer eines solchen Planeten nahezu gleiche Bahnen haben. Die Feuerkugeln aber kommen aus den verschiedensten Weltgegenden zur Erde und senden zu allen Zeiten des Jahres die Meteoriten auf diese herab. Sie können also nicht durch die plötzliche Zertrümmerung eines Himmelskörpers entstanden sein. Wir sind also genöthigt, für die Meteoriten verschiedene Mutterkörper anzunehmen.

Nach der Kant-Laplace'schen Theorie ist so gut wie für die Erde bei jedem Planeten in einer gewissen Periode seiner Existenz vulkanische Thätigkeit vorauszusetzen. Schon vor 200 Jahren hat Rob. Hooke die Trichtergestalt der Mondberge als Folge vulkanischer Eruptionen erkannt. Nirgends in unserem gesammten Sonnensystem treten Gasexhalationen in großartigerem Maßstabe auf, als bei der Sonne selbst. Auch der oder die Mutterkörper der Meteoriten müssen vulkanische Erscheinungen gezeigt haben, zeigen sie vielleicht noch. Und hier haben wir die Ursache der Trümmerbildung, wie neuerlich Tschermak[25]) geistreich entwickelte. Denn wie die Erde, so muß auch der Mutterplanet der Meteoriten einmal aus feuerflüssiger Masse bestanden haben. Diese aber hat die Eigenschaft, unter dem hohen Druck, dem sie ausgesetzt ist, eine große Menge von Gasen und Dämpfen aufzulösen, welche beim Abkühlen und Erstarren theilweise wieder entweichen. Dies gilt nicht von den lavaartigen Silikatmassen allein, sondern auch von den geschmolzenen Metallen. Doch sind diese Gaseruptionen verschieden heftig. Die stärksten sind im Stand, erstarrte Massen so weit fortzutreiben, daß sie bis jenseits der an sich schwachen Attraction des kleinen Planeten gelangen und dann ihre eigene planetarische Bahn einschlagen. Die schwächeren Gaseruptionen bringen nur mancherlei Bewegungserscheinungen auf dem Planeten selbst hervor. Doch liegen zwischen diesen Ausbrüchen der freiwerdenden Gasmassen auch wieder Perioden ruhiger Bildung, ungestörter Krystallisation von Silikaten und Eisen, dann wieder von Absonderungen und Verschiebungen durch Bewegung in der festgewordenen Masse, wodurch die auch bei Hungen so häufigen Rutschflächen, Spiegel und Harnische sich bilden mußten; Zertrümmerungen und Wiedervereinigung der größeren Bruchstücke, sowie der kleinen Splitterchen, oder ther zu runden Kügelchen abgeriebenen Massen, ähnlich wie in unseren vulkanischen Tuffen. So ist auch die Entstehung des breccienartigen Gefüges vieler Meteoriten zu erklären, auf welches v. Reichenbach zuerst ausführlich aufmerksam machte, und Tschermak[26])

---

[25]) Sitz. Ber. Acad. Wien II. Abth. B. 71, April 1875. I. Abth. B. 75, März 1877.
[26]) Sitz. Ber. Acad. Wien I. Abth. B. 70, 1874, Nov. B. 71, II. Abth. 1875, April.

kommt durch deren Studium zum Schluß, „daß diese Massen ursprünglich nicht die gegenwärtige Beschaffenheit hatten, sondern daß sie durch Zertrümmerung fester Gesteine und nachherige Zusammenfügung derselben mittels eines halbglasigen Magma in ihren gegenwärtigen Zustand gelangt seien"; sowie, „daß auf jenen Gestirnen, von denen sie kommen, die Ruhe viel seltener gewesen sei, als die vulkanische Bewegung", daß die Kügelchen „Produkte der vulkanischen Zerreibung sind und ihre Form einer continuirlichen explosiven Thätigkeit eines vulkanischen Schlotes verdanken, durch welche ältere Gesteine zersplittert und deren zähere Theile durch beständiges Zusammenstoßen abgerundet wurden."

So müssen auf der langdurchlaufenen Bahn des Himmelskörpers, von dem die Meteoriten stammen, nach und nach sehr verschiedene Massen abgeschleudert werden, zuerst Silikate, die mit den Produkten unserer irdischen Vulkane Aehnlichkeit haben, dann verschiedene Gemische von Silikaten und Eisen und zuletzt Eisenmassen. Wasser im flüssigen Zustande konnte sich auf einem so kleinen Weltkörper nicht oder nur in höchst geringer Menge verdichten, daher sind die Silikate wasserfrei, und nur in den Kohlehaltigen findet sich ein ganz kleiner Wassergehalt. Gesteine, welche unseren neptunischen Schichten entsprechen, konnten sich dort nicht bilden.

Eine wesentliche Stütze dieser Theorie ist die merkwürdige Entdeckung Graham's, daß Meteoreisen sehr beträchtliche Mengen von Wasserstoff enthält. Erst bei heftigem Glühen entweicht derselbe nebst etwas Kohlenoxyd und Stickstoff. Mallet bestätigte die Thatsache und nach Wright's Untersuchungen enthalten auch die Meteorsteine beträchtliche Mengen von Wasserstoff, viel Kohlensäure, etwas Kohlenoxyd und Stickstoff, die erst bei voller Rothglut ausgetrieben werden.

A. v. Humboldt warnt in seinem Kosmos (I, 137) davor, „auch in der Region des bloß Muthmaßlichen eine ungeregelte, auf alle Induction verzichtende Willkür der Meinungen herrschen zu lassen." Die vorstehend entwickelte Theorie über die Entstehung und die Herkunft der Meteoriten bewegt sich allerdings auch in dem Gebiete des nur Muthmaßlichen, hält sich aber von aller Willkür der Meinungen fern. Kein Theil widerstreitet den bekannten und als richtig anerkannten Naturgesetzen, wir nehmen nichts dabei als möglich oder wahrscheinlich an, was nicht in ähnlicher Weise auch auf der Erde stattfindet oder stattfinden könnte. Gerade in dieser Beziehung ist eine Entdeckung von Nordenskiöld aus dem Jahr 1870 von besonderem Interesse.

Bei der Nordenskiöld'schen Expedition nach Grönland 1870 war dieser ausgezeichnete Naturforscher so glücklich, NW von Godhavn auf der Südseite der Insel Disco an einer Stelle, die Ovifak[37]) genannt wird, unmittelbar am Strande und theilweise selbst im Meere liegend, eine beträchtliche Menge großer und kleiner Blöcke gediegenen Eisens zu finden. Auf einer Grundfläche von höchstens 50 Quadratmeter lagen 15 Klumpen Eisens von 25000 bis 3 K., die größten dicht am Strande zwischen Ebbe und Fluth unter abgerundeten Granit- und Gneißblöcken am Fuß eines hohen Basaltrückens, der sich nur wenige Meter von der Küste als Blaa Fjeld bis zu 500 M. Höhe steil erhebt. Durch ein besonderes von der schwedischen Regierung abgesendetes Schiff wurden diese Massen im Gesammtgewicht von weit über 40000 K. abgeholt und nach Stockholm gebracht. Zum Theil sind sie mit einem dunkeln trappähnlichen Gestein verwachsen. Aber auch einer der beiden Basaltgänge des Blaa Fjeld enthält ganz ähnliches Eisen in kleineren und größeren Massen und es liegt die Annahme nahe, es seien die losen Blöcke und Brocken Eisens früher auch von Basalt umschlossen gewesen, herausgewittert und an dem steilen Abhang bis zum Meere herabgerollt. Da dieses Eisen Nickel, Kobalt und Phosphor enthält, auch beim Aetzen einer polirten Fläche die Widmannstätten'schen Figuren zeigt, so wurden diese

---

[37]) Oefversigt af K. Vetensk. Acad. Förh. Stockh. 1870, Nr. 10, S 1058 u. ff. m. Karten und Abb.

Massen als das Produkt eines riesigen Meteoreisenfalles angesehen und zur Erklärung des Vorkommens in dem trappartigen Gestein angenommen, es habe das Niederfallen stattgefunden, als die basaltartige Masse feuerflüssig aus der Erde drang, so daß diese das Eisen aufnehmen und umschließen mußte. Es hat sich über dieses Eisen und über die Frage, ob es meteorischen Ursprungs, oder ob es mit der schmelzflüssigen Masse aus dem Erdinnern emporgedrungen sei, eine sehr ausgedehnte Literatur entwickelt [28]).

Schon Nordenskiöld hatte gefunden, daß beim Glühen dieses Eisens eine beträchtliche Menge Gas austritt; Wöhler bestätigte, daß dabei mehr als das 100fache des Eisenvolums an Kohlenoxyd und wenig Kohlensäure entweicht. Seine Analyse des Ovifakeisens ergab:

Fe	Ni	Co	P	S	C	O
80,64	1,19	0,47	0,15	2,82	3,69	11,09

mit Spuren von Cu und Cr. Wöhler nahm an, daß der Sauerstoff an Eisen gebunden als Magneteisen in der Masse enthalten sei.

Wenn auch der wissenschaftliche Streit über die Natur des Ovifakeisens noch nicht endgültig entschieden ist, so wenden sich doch die meisten Forscher immer mehr der Annahme zu, daß es nicht meteorischen, sondern terrestrischen Ursprungs sei. Warum auch sollen Erscheinungen, die wir bei dem Mutterkörper der Meteoriten als möglich und wahrscheinlich annehmen, nicht auch in ähnlicher Weise bei der Erde vorkommen können? Müssen wir nicht auch bei dieser ein weit höheres spec. Gewicht der feuerflüssigen Innenmasse annehmen, also Metalle, und unter diesen als häufigstes das Eisen? Muß nicht auch diese Masse Gase gelöst enthalten und muß das Eisen nicht auch mit geschmolzenen Silikaten, mit lavaartigen Massen emporgepreßt werden können? Auch dieses terrestrische Eisen wird bei langsamem Erstarren sich krystallinisch anlagern und Aetzfiguren zeigen müssen, wenn seine chemische Zusammensetzung, sein Gehalt an Nickel und Phosphor ihre Bildung ermöglicht. Wir haben also nicht nöthig, zu Annahmen zu greifen, vor denen Humboldt mit Recht warnt, wenn wir Erscheinungen an diesen Eisenmassen erklären wollen, die an unserem Kunsteisen nicht wahrnehmbar sind. Auch die mächtigen Eisenmassen von St. Caterina [29]) in Brasilien zeigen Erscheinungen, die wahrscheinlich machen, daß es terrestrisches und nicht meteorisches Eisen ist, und es ist sehr fraglich, ob wir jemals, auch wenn unsere Kenntnisse über die Natur und Zusammensetzung dieser Massen durch zahlreiche neue Funde wesentlich erweitert sind, sichere ausreichende Unterscheidungsmerkmale der irdischen und kosmischen Mineralien kennen lernen werden.

Doch wir können der Zukunft nicht vorgreifen und bleiben bei dem von der Vergangenheit und Gegenwart Erforschten.

Nichts kann einfacher und einleuchtender sein, als die vorentwickelte Theorie der Entstehung der Meteoriten. Betrachtet man den Stein von Hungen oder auch nur einen Dünnschliff desselben, betrachtet man irgend einen Meteoriten, gleichviel welcher Gruppe, so hat man die lebendige Illustration zu dem theoretisch Entwickelten. Und doch kommt Mohr [30]) dabei zu einer diametral entgegenstehenden Ansicht. Aus dem geringen Wassergehalt mancher Meteoriten, aus dem Kohlegehalt und dem festen Kohlenwasserstoff in anderen, aus den Krystallisationserscheinungen des Meteoreisens und anderen Gründen schließt er, daß sich die meteorischen Massen auf nassem Wege aus Wasser gebildet haben. Auch er nimmt an, daß sie wie die kleinen Planeten und Asteroiden Bruchstücke eines größeren Planeten zwischen

---

[28]) s. u. a. Wöhler, Gött. Nachr. 1872, Nr. 11. Flight, Geol. Magaz. 1875, S. 115. Steenstrup, Ztschr. dtsch. geol. Ges. 1876, B. 28, S. 225. Daubrée, Bull. Soc. géol. de France 1877, S. 110.
[29]) Compt. rend. T. 83, S. 917; T. 84, S. 478, 482, 1507.
[30]) Annalen d. Chemie B. 179, S. 257.

Mars und Jupiter seien, „wobei wir allerdings ganz im Unklaren bleiben, durch welche Verhältnisse oder Vorgänge dieser Planet zertrümmert und in einzelne Stücke aufgelöst worden sei."

Es kann hier nur Aufgabe sein, zu zeigen, wie auf verschiedenen Wegen die entgegengesetztesten Ziele erreicht werden. Jeder wird nach genauerem Studium der Quellen sich seine Ansicht für und gegen selbständig bilden können; zu welchem Resultat er dabei kommt ist einerlei bei der Erwägung der weiteren Frage, ob diese Körper nach und nach ganz zertrümmert wurden, oder ob noch Reste davon vorhanden sind.

Vorerst läßt sich darauf gar keine Antwort geben, sicher nur ist, daß eine unendliche Zahl solcher Trümmer in unserem Sonnensystem mitkreisen, ohne daß wir sie wahrnehmen können. Sie sind zu klein, um wie die Planeten Sonnenlicht zur Erde zu reflectiren, auch zu klein, um auf die Bahnen größerer planetarischer Massen störend einzuwirken. Dagegen müssen größere Planeten die Bahnen der Trümmer wesentlich beeinflussen.

Nachdem diese, wer weiß wie lang, ihren Weg durch den Himmelsraum innerhalb unseres Sonnensystems zurückgelegt, schneidet sich dieser einmal mit der Erdbahn, sie treten mit planetarischer Geschwindigkeit in die Erdatmosphäre ein und bilden nun eine Feuerkugel. Diejenige vom 30. Jan. 1868, welche den erwähnten Steinregen von Pultusk veranlaßte, wurde nach Berechnungen von Galle in einer Höhe von 24 Meilen über der Erde zuerst beobachtet und zerplatzte in einer Höhe von 5,6 Meilen. Sie legte dabei einen Weg von 25 Meilen in 6,7 Secunden zurück, sie hatte also eine Geschwindigkeit von 3,7 Meilen. Wird aber die gleichzeitige Bewegung der Erde mit berücksichtigt, so ergiebt sich eine absolute Geschwindigkeit von 7,57 g. M. in 1 Secunde. Aehnliche Ergebnisse erhielt man bei zahlreichen anderen Feuerkugeln, bei welchen genügend zahlreiche und genaue Beobachtungen von verschiedenen Orten vorlagen, um zuverlässige Berechnungen darauf gründen zu können.

Bei diesem raschen Flug durch die Atmosphäre wird dieselbe vor der festen Masse aufs stärkste verdichtet, während hinter derselben ein luftleerer Raum entstehen muß, in welche die Luft von der Seite wieder hineinstürzt. Die Bewegung muß durch den Widerstand immer mehr verlangsamt, sie muß in Wärme und Licht umgesetzt werden. Zugleich entstehen die Schallerscheinungen, die längere Zeit bedürfen, um bis zur Erde zu gelangen. Die außerordentliche Verdünnung der Atmosphäre in der Höhe der Feuerkugeln kann kein Bedenken erregen; denn nach den Berechnungen von Reinh. v. Reichenbach, Schiaparelli u. A. muß schon bei einem Minimum von Luftdruck, von dem wir uns kaum eine Vorstellung machen können, die kosmische Bewegung sehr bedeutend gehemmt und eine außerordentlich starke Wärme entwickelt werden. Zuletzt haben „diese Körper bei ihrem Durchgang durch die Atmosphäre gleichsam alle ihre kosmische Geschwindigkeit verloren; diejenige mit welcher sie niederfallen, rührt hauptsächlich von der Einwirkung der Schwere her, welche gerade dann erst anfängt sich bemerklich zu machen, wenn die kosmische Geschwindigkeit fast zerstört ist; dies kann in wenigen Secunden geschehen[31])."

Während der Bahn in der Feuerkugel bildet sich die Schmelzrinde und der Schweif. Die eigenthümlichen Vertiefungen auf der Oberfläche der Meteoriten, besonders der Eisenmassen, die oft mit Fingereindrücken verglichen wurden, kommen nach Untersuchungen von Daubrée ebenfalls von dem kolossalen Luftdruck auf die Oberfläche her und haben die größte Aehnlichkeit mit Vertiefungen an metallenen Geschossen und Stahlplatten, welche den Verbrennungsgasen von Schießpulver und Dynamit ausgesetzt waren.

Nur in sehr seltenen Fällen ist eine große Feuerkugel teleskopisch beobachtet worden. Schmidt in Athen hat am 18. Oct. 1863 dieses seltene Glück gehabt und dabei constatirt, daß sie aus zahlreichen

---

[31]) Schiaparelli, Astronom. Theorie d. Sternschn. S. 21.

kleineren Feuerkugeln, die größeren voran, zusammengesetzt war. Hier traten also viele kleinere feste Massen zu einem Schwarm vereinigt gleichzeitig in die Atmosphäre, und so wird es immer sein, wenn, wie in früher angeführten Fällen, mächtige Meteoritenschauer niederprasseln. Doch kann es auch vorkommen, daß wenn eine Masse für sich allein die Feuerkugel erzeugt, auch hier ein Zerplatzen dieser Masse erfolgt, theils durch ungleiche Erhitzung, theils durch Gasbildung und durch den ungeheuren Druck der Atmosphäre. Nach Reinh. v. Reichenbach's [32]) Berechnung wirkt auf jeden Quadratzoll eines Meteoriten, der mit 5 Meilen Geschwindigkeit eine Luftschicht von etwa 0,1 Atm. Druck durchfliegt, ein Gegendruck von 77 Ctr.

Doch sind die Schallerscheinungen bei Meteoritenfällen nur theilweise auf das Zerplatzen der kosmischen Massen in der Feuerkugel zurückzuführen; gewiß wird die bei weitem stärkere und immer auftretende Schallerregung bewirkt durch das Einstürzen der äußeren Luft in den luftleeren Raum hinter dem fliegenden Meteoriten, hat also mit einer Explosion gar nichts gemein. Auch haben wir dabei nicht nöthig anzunehmen, wie Haidinger that, daß erst am Ende der kosmischen und bei dem Beginn der terrestrischen Bahn dies stattfinde.

Zerplatzt die kosmische Masse in der Feuerkugel, so werden die niederfallenden und aufgefundenen Bruchstücke sich zusammenpassen lassen, auch wenn sich die Bruchflächen vielleicht noch theilweise überrindet haben. Während des terrestrischen Falls nach Beendigung der kosmischen Bahn ist aber die Bewegung zu langsam, um da noch ein Schmelzen und Ueberrinden des Steins hervorzubringen. Doch findet in dieser Zeit der Ausgleich der äußeren sehr hohen und der inneren sehr niederen Temperatur statt.

Nur bei lockerem Boden bohren sich die Steine beim Fall mehr oder weniger tief ein. Aus der Richtung des Lochs läßt sich dann oft auf die letzte Richtung des Wegs ein Schluß ziehen.

Es ist in keiner Weise nachweisbar, daß einzelne Gegenden oder Länder besonders von Meteoritenfällen begünstigt werden. Wo eine einsichtsvolle Bevölkerung auf derartige Erscheinungen achtet, wird man sie häufiger wahrnehmen, als in anderen. Werden Meteorsteine nicht gleich gefunden, so ist nur wenige Hoffnung, daß man sie nach längerem Liegen in der feuchten Erde noch auffinde, denn durch ihren Gehalt an metallischem Eisen, Schwefeleisen und einfachen Silikaten verwittern sie leicht. Anders ist's mit den meteorischen Eisenmassen, die sich zwar oberflächlich mit einer stets dicker werdenden Rostschicht bedecken, aber der Kern, die Hauptmasse bleibt fast unbegrenzte Zeit unverändert. Wenn in den Vereinigten Staaten Nordamerikas neuerlich eine größere Menge von Eisenmeteoriten gefunden wurde, als anderwärts, so ist dies gewiß nur dem Umstand zuzuschreiben, daß jeder Farmer weiß, ein Fundeisen werde von einigen bekannten reichen Sammlern angekauft und gut bezahlt. Also achtet man mehr darauf und bringt ein solches Eisen vor die rechte Schmiede, in der ein Gelehrter arbeitet. Das berühmte Meteoreisen von Rittersgrün in Sachsen dagegen, das 1847 ausgepflügt wurde, wanderte von Schmiede zu Schmiede und Hammerwerk, um als altes Eisen verwerthet zu werden, bis es 1861 von Breithaupt als meteorisch erkannt und gerettet wurde. Manches „alte Eisen" ist wirklich auf diese Weise verschmiedet worden und war für die Wissenschaft verloren.

Fassen wir alles Vorgesagte zusammen, so finden wir, daß nichts wahrer ist als der lakonische Ausspruch der alten lateinischen Inschrift in der Kirche zu Ensisheim, welche als Motto vorgesetzt wurde:

Ueber Meteoriten wissen viele gar mancherlei, jeder weiß etwas darüber, aber keiner Genügendes.

---

[32]) Pogg. Annal. B. 119, S. 275.

Am 10. und 11. April 1878 von 10 bis 12 und von 2 bis 4 Uhr wird eine kleine Sammlung von Meteoriten, Meteoritenmodellen und Abbildungen in der Mineraliensammlung der Realschule (Zimmer Nr. 12) ausgestellt sein.

Meteoreisen:	Meteorsteine:	Modelle:
1) Zacatecas	1) Hungen	1) Krähenberg
2) Wisconsin	2) Hainholz	2) Niro
3) Toluca	3) Jowa	3, 4) Braunau
4) Seeläsgen	4) Pultusk	5) Karakol
5) Atacama	5) Knyahinya	6) Kuleschowka
6) Rittersgrün	6) Waconda	7) Slobodka
7) Tula	7) Dhurmsala	8) l'Aigle
8) Pallas.	8) New Concord.	9) Toluca.

Zahlreiche kleinere Proben von Meteoriten und Dünnschliffe derselben.

Milton Keynes UK
Ingram Content Group UK Ltd.
UKHW041056241024
450026UK00018B/314